U0948369

知乎 Seasee YouI

刘华剑 著

夜空的星照亮你前行

CNS

湖南文艺出版社

博集天卷 CS-BOOKY

stary stary night

stary stary night

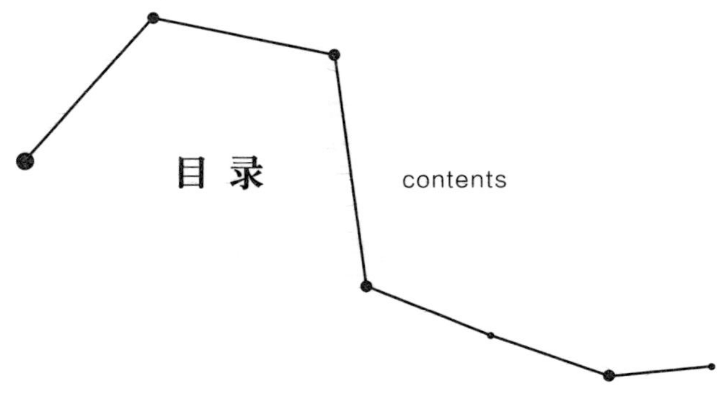

目 录 contents

参宿七：我们的梦想从来都是在远方

北斗星：我们想学会爱人却总是更彷徨

北落师门：所谓青春不过是跌跌撞撞

南河三：总是像野草般随风摇荡

南十字：无数挫折都无法让我们绝望

心宿二：热血经常会澎湃在我们的胸腔

参宿七

我们的梦想
从来都是在远方

生活是件很酷的事情

刚毕业的时候，我做起了发财梦，和大伟还有毛毛办了个辅导班。原因很简单，我们仨都找不到合适的工作，都有着怀才不遇的痛苦。

大伟用力咬着鸡翅，喝下一大口酒说：“创业吧，年轻人不创业，和咸鱼有什么区别？”

毛毛瞪大眼睛问：“创什么业？摆地摊还是去卖花？”

大伟辣得脸红脖子粗，说：“女人就是没头脑，我们可以开个辅导中心啊，我可以教数理化，你可以教英语啊，你的口语那么纯正。”

我觉得有搞头，说：“我可以教作文，保证学生至少可以拿五十分。”

毛毛说：“但是我们没钱啊。”

大伟拍胸脯说：“我去搞，你们以人入股就行，保证你们一个月赚一万块，朋友们，生活是件很酷的事情。”

大伟有五个堂哥，每个人借了几千块，有了初始资金，我们在一所中学对面租了套百十平方米的房子，买好桌椅。那时候已经快放暑假了，我们仨天天在学校外面发传单，可是没一个学生家长搭理我们，大概是看我们太年轻了，不相信我们的知识水平。

一周过去了，我们还没招到一个学生。

大伟说：“妈的，老子还不信了。”

那一天他把小黑板搬了出去，把黑板竖在学校旁边写了几个有意思的奥数题目，吸引了一群学生和家长围观，大伟笑着说：“有奖解题，哪位同学解出一道题目，我奖励五十块钱。”

学生们都扑上来解题，却没人解得出来。

家长纷纷起哄：“你解得出来吗？”

大伟说：“同学们，看好了。”

然后拿起粉笔在黑板上奋笔疾书，学生们都发出赞叹声，拍着自己脑袋说我怎么没想到呢。大伟觉得“节目”效果已经有了，就使眼色让我们发传单，家长觉得我们有真本事，纷纷填表格交钱。那一天我们招了三十多个学生，第二天又来了三十多个，只用了两天，我们就招满员了。

开课的前一天，大伟雄心万丈地说："老子要做成第二个新东方，名字我都想好了，叫旧南方。"

毛毛笑个不停，把桌子上的钱都收好存到卡里。

一开课我们就发现问题来了，首先是天气太热我们没有装空调，学生们都汗流浃背，有个小姑娘甚至都中暑了，她的家长过来扯皮，说我们这里条件太差了要求退款。大伟把钱退了，跟我们说空调必须得装。

毛毛说："如果装空调的话，那些学费可就剩不下多少了。"

大伟咬着牙说："不装不行，学生们都热得受不了，根本没办法上课。"

每个教室装了一台空调，却又发现学生的问题很大。因为辅导班和学校不一样，很大一部分上辅导班的孩子都是成绩不好不爱学习的，家长也没有时间去管，就把他们放到辅导班死马当活马医，所以说大部分都是差生，完全不上进，都是来混日子的，还有个别的甚至是小混混。

有一次毛毛上课的时候正在写板书，一个留着长发的男孩子笑着说："老师，我们看到你胸罩带子了。"

学生们一片哄笑，毛毛又羞又气，差点哭出来。

我和大伟把那男生揪到教室外面，他还是嬉皮笑脸，我说：“你胆子不小啊，居然敢调戏老师。”

那男生一点都不怕，仰着头说：“我只是提醒老师注意穿着，没有调戏她啊，再说她长得又不漂亮，让我调戏我还懒得调戏呢。”

话音刚落大伟就给了他一巴掌，那男生直接被抽得摔在地上，爬起来龇牙咧嘴地要还手，又被大伟一巴掌抽倒。我连忙把大伟拉住，小孩子哪经得住他打啊。那男生哭着说：“我要告诉我爸去，你们这辅导班别想开了。”

大伟怒不可遏地还要打，那男生爬起来跑开，我把大伟扯进教室。

那天晚上那男生的家长找过来了，质问大伟为什么体罚学生，大伟义正词严地说了那学生在课堂上调戏老师的事，男生的父亲是一个明事理的男人，叹了口气对大伟说：“年轻人，你是个好老师，以后这孩子不听话你接着打，打伤了都不用你负责。”

那男生听了浑身一抖，用恐惧的眼神看了大伟一眼。

大伟说：“我只是想让每个来我这儿的学生都有进步，不管是学习上还是品格上。”

家长连声道谢，揪着那小子的耳朵就走了。

有个初二的女学生穿着花里胡哨的衣服，化着浓妆，和她的年龄格格不入，说话也是脏话连篇，没有一点女孩子的样子。每周我会安排学生们写周记，这小姑娘每次交上来的东西都能让我看吐血，每一个句子里都有三个错别字，每一个段落里都有两句骂人的话，我忍不住批评她："薛言，你能不在作文里写脏话吗？"

薛言照着镜子说："老师，你不是说写作就是说出心中所想吗？"

我说："是啊，但是最好说出心中想的美好的事物。"

薛言的下一句话让我彻底晕倒，她说："×他妈的，生活中哪儿有美好的事物？"

我对她进行单独辅导，每天强迫她看一个小时的书，开始的时候她总是心不在焉，趁我不注意就玩手机，后来她慢慢认真了，估计是感受到文字的魅力所在了，有时候看一本书看到天黑也没察觉。慢慢地，她的文笔变得很流畅，有时候能写出一些优美的句子，这让我很欣慰。我知道她父母离婚了，她是跟着奶奶住的，老人家没时间管她，所以她才变成这样子。不管怎么说，这孩子本性是善良的。

看完了《平凡的世界》，这小丫头问我："为什么有人活得那么艰难，却还是想着生存下去呢？要是我肯定就自杀了。"

我说："因为生活本来就是一件很难的事情，每个人都要为自己的梦想拼命努力，你知道吗？人拼命努力的样子特别打动人心。"

她愣住了，半晌后冲我重重点头。

薛言再也不穿乱七八糟的衣服了，把头发也剪成了中学生的样子，在辅导班一待就是一天，没事就看书写东西，她的奶奶有一次来接她，还特意感谢我和大伟，说这孩子变得听话了，还帮着做家务呢。

调戏毛毛的那个男生被大伟单独辅导，大伟每天被气个半死，因为他发现那小子居然连乘法口诀都背不熟。大伟每天都给那男生出一套题，那男生从来都没有及格过，有一天晚上，那男生沮丧地告诉大伟：“老师，看来我不适合学习。”

大伟拍了下他的脑袋说：“谁说你不适合？我看你有天赋。”

男生露出无奈的笑容：“老师你别给我灌心灵鸡汤了，我知道自己没那个脑子，勾股定理你讲了那么多遍我还是不会。”

大伟拿出一沓试卷，说：“这是你这些天做的卷子，你自己看吧，其实你每次都有进步。”

那男生翻开卷子，发现真的每一次都比前一次分数高，虽然高得不多，只有一分两分，但没有一次是下降的。大伟说：“这就是学习的魅力所在，只要你用心了，就一定会有收获。”

那男生兴奋得跳起来，问：“老师，我啥时候能考九十分？我爸说了，考九十分就带我去香港玩。”

大伟敲了他脑袋一下："先把勾股定理学好再说。"

那一个多月，我和大伟还有毛毛就像打了鸡血似的，每天都上七八节课，有时候中午饭都来不及吃，却干得兴致勃勃，学生的成绩大部分都有提高，我们有了一定的口碑，经常有家长找过来求我们在教室多加个位置。

我们觉得生活是件很酷的事情，我们离梦想越来越近了。

那一天我们正在讲课，两个穿制服的男人进来了，语气冰冷地问我们："你们这儿谁是负责人？"

大伟放下粉笔说："我是负责人，有事吗？"

两个男人绕着教室走了一圈，看了看窗户和卫生间，其中一个戴墨镜的男人说："你们开辅导班没有办证吧？你们这房屋设施有问题，不能在这儿开辅导班，你们另找一个地方办证后再开吧，这地方得封了。"

大伟一听要封就慌了，他说："怎么就有问题了？我们装空调了。"

那男人说："你自己去查相关规定吧，今天上完了停课。"

大伟说："你说停就停啊，你谁啊？把证件拿给我看看。"

那男人呵斥："你狂什么？不服从社区规定是吧，现在就停课，学生们都给我出去！"

有几个胆子小的学生收拾好东西慌慌张张地走了，大伟火了，和那男人争执起来，毛毛的眼泪在眼眶里打转，手足无措。两个人吵着吵着动起手来了，旁边那个男人把大伟的手反扭住，我也冲过去打起来，教室一片混乱，课桌倒得一片狼藉。

学不会勾股定理的坏小子拿起一本书砸在戴墨镜的男人头上，大喊："你别打我老师。"

然后要过来帮忙，却被那男人一脚踹倒，头撞在墙上流出血来，血顺着墙流下来，好像凡·高画的"墙上的向日葵"，女学生发出哭声，毛毛连忙挡在她们面前不让她们被误伤。

生活，真的是件很酷的事情吗？

三天后，我们三人又聚在烧烤摊，大伟和我一杯一杯地喝着闷酒，两人的胳膊上都还绑着纱布，毛毛抹抹眼泪拿出钱放在桌子上，说："这是余下的钱了。"

大伟数了数钱，发现只有七百五十块，他笑着说："一人二百五，我×。"

我也苦笑，毛毛把钱分给我们，大伟说："对不住了，朋友们，我还想带着你们挣大钱呢，结果就他妈的换来二百五。"

毛毛拍拍大伟的背，也喝了一杯啤酒。这是我第一次见她喝酒，她没那么伤心，也许她不在乎钱财，她最在乎的东西还在她身边。这时候一个人拍拍我的肩膀，我回头看到了薛言，她穿着白裙子对我笑："老师，我参加市里的征文比赛得奖了。"

我说："真的假的啊？你这次没有写脏话了吧？"

薛言吐吐舌头，把作文递给我，我看到文末的一句话："我再也不会后退和迷茫，再也不会彷徨和失望，我的眼睛看到了光明的方向，哪怕生活会让我遍体鳞伤，我也会告诉自己，你一定要努力，人拼命努力的样子特别打动人心。"

看着她作文旁边高得离谱的分数，我很想矫情地大哭一场，原来我所有的努力，虽然没给我自己带来回报，却在很多人心里开出了花。

叫我第一名

最开始，我们都想成为光芒万丈的人。

幻想着自己可以一鸣惊人，成就自己的小小奇迹，在十七八岁的时候，每个少年都有自己的梦。有的想成为流行歌手，有的想成为畅销书作家，有的想成为知名学者，却不敢把自己的梦想告诉全世界，只能在夜深人静的时候自己想想，虽然遥不可及，却也觉得很温暖。

梦想是伟大的，却也无比残酷，残酷之处在于你要忍受它和生活之间的落差。

想成为流行歌手的，还没有钱去买吉他。

想成为畅销书作家的，一次次地被杂志社退稿。

想成为知名学者的，与重点大学分数线还有十几分的差距。

父母和老师都告诉我们，别想乱七八糟的，要好好学习天天向上，考个好大学，将来找个好工作，搞得好像他们替我们安排了条完美的出路，只是我们自己不上进而已。

我们开始变得茫然，不知道哪条路是对的，大部分人听从了前辈的意见，成为他们希望我们成为的那种人，虽然不甘心，却也无可奈何。

不知不觉间，我们都活成了自己当年最讨厌的模样。

可我还是不甘心，我觉得自己就是铁轨上的一枚硬币，火车来来回回碾来碾去，却总碾不平我的棱角。长辈们都说我还没有长大，对生活还充满着不靠谱的幻想。

可是，他们哪里知道，如果没有那些东西，生活是多么苍白无力啊。

表弟匆匆忙忙找到我，然后用急切的语气对我说："哥，体现我们兄弟情义的时刻到了。"

我颇感无奈，说："要多少，直接说。"

表弟尴尬地挠挠头，说："两千。"

我去房间拿了钱，递到他手里的时候说："钱可以给你，但是你要说清楚是干什么的，不然你爸妈问起来我不好交代。"

表弟接过钱放到口袋里，眼睛闪闪发光，说："哥，你这辈子有特别渴望却一直没有实现的事情吗？”

我说：“有。”

他兴奋地问：“是什么？”

我说：“我想有个好好学习不成天鬼混的表弟，能够以我为榜样上进点。”

他的脸就跟挨了一记闷棍似的，好在他没脸没皮也习惯了，走之前他对我说：“我要去参加职业联赛，我要做一个职业选手。”

看着他远去的背影，我只能默默叹口气，把没抽完的烟弹远。

表弟长得白白净净的，脑子也转得快，小舅对其抱以厚望，想把他栽培成名牌大学生。无奈这小子沉迷于网络游戏，成天翘课去网吧，本该写数学题的作业本上被他写满了出装表、血量计算之类的东西，让老师大发雷霆。

有次英语老师问他：“如果遇到了危险应该喊哪个词？”

他居然不假思索地回答“德玛西亚”，把老师气得差点吐血。

我不知道他打游戏怎么样，据说他是他们学校里面最厉害的，一到放假就有同学要他一起出去玩游戏，有的还喊他师父。有一次他请我吃夜宵，看到他钱包里有不少钱，我问：“你哪儿来的这么多钱？”

他喝了一口啤酒，笑嘻嘻地说：“我代练赚的。”

我说："你怎么不把这个聪明劲儿放在学习上呢？"

他喝了口酒不说话，后来又打起我键盘的主意，他目光奸诈地问我："哥，说实话，你又不打游戏了，要那么好的键盘干吗？"

我说："你想要就直说，用不着侮辱我的技术，我在你这个年纪打游戏也不差，当时网吧办比赛我一样是第一名。"

他兴奋不已，走出我家的时候紧紧抱着我的机械键盘。我和他年龄相差不算太大，不想摆架子教训他，更重要的是，我理解他这个年纪，是爱做梦的时期。

我想起我有段时间找不到合适的工作，就窝在家里异想天开地想写网络小说，每天辛辛苦苦写个六七千字，根本没多少人看。我慢慢失去动力，准备放弃的时候看到一条留言，是我唯一的忠实粉丝写的，上面有很多鼓励我的话，让我信心大增。虽然那部奇烂无比的小说我还是没能写完，但是我到现在都一直坚持着写东西。

晚上我正准备睡觉的时候，小舅打电话过来了，小舅心急火燎地问我："你知不知道他去哪儿了？"

我心里一慌，说："不知道，也许他又在哪个网吧玩游戏吧。"

小舅说："不可能，网吧我都找遍了，根本没他的人影。他把衣服都带走了几件，你说他能跑到哪儿去？"

我说："你给他打电话啊。"

小舅妈抢过电话带着哭腔说：“打过了，电话是关机，他平时听你的话，经常去找你，你好好想想他能跑到哪儿去，现在都快高考了。”

我的心一沉，难道这小子拿着我的钱离家出走了？

我安慰了小舅妈两句，答应他们一定把那小子逮回来。去网上一查，看到最近只有成都有官方比赛，我就订了去成都的车票，连夜赶过去找他。

下车后我的头昏昏沉沉的，突然有点愤怒，心想好多年没修理他了，他还真是飞上天了。

好不容易找到赛场，却被堵在了门口，两个戴帽子的人拦住我问：“你票呢？”

我无比诧异：“看个游戏还得要票？”

那小伙子笑着说：“我们是正规比赛，和体育赛事一样，当然要售票。”

我只得花钱买票进去，看到了很多年轻人，他们目不转睛地盯着大屏幕，我一眼就看到了表弟，他戴着耳机用着我的键盘全神贯注地在打比赛。

这是我第一次看到他打游戏，他的神色凝重，不停地和队友说着话，从比赛的解说中可以听出表弟的实力很强，是他们队伍的核心选手。两队打得不可开交，比赛非常激烈，虽然我也看不大懂，但从一阵阵的欢呼声中可以看出比赛到了最关键的部分。

表弟脸上全是汗，到了最后，现场几乎沸腾了，我旁边的两个小妹妹就像卖力出演恐怖片一样，扯着嗓子喊了五分钟，等她们喊完的时候比赛刚好结束了。我一看屏幕，表弟精疲力竭地靠在椅子上，他们输了。

那一瞬间，他的队友纷纷收拾鼠标、键盘准备离去，我表弟死死地盯着屏幕，满脸的不甘心。我好像重新认识了这小子一样，原来他真的是有一件特别渴望却没实现的事情，想要拼尽全力去把它做到。

我在赛场外找到他，原来他在游戏圈已经有点名气了，我甚至看到有几个女生找他合影要签名。他一看到我就神色慌张，拔腿就跑，我飞快追上他，把他按到墙边，他惨叫："哥，这儿有不少我的粉丝呢，要打别打脸啊。"

我说："打他妈什么脸，跟我回去。"

在回去的车上他还是有点失落，我说："比赛我看了，我会跟你爸妈讲的。"

他撇了下嘴说："他们不会懂的。"

我说："至少我看到了你的决心，如果你能让他们也看到，他们会理解你的。"

他眯着眼睛靠着座背，不知道是不是睡着了。

我把他送回家，一夜无眠的小舅一看到他就勃然大怒，冲过来就是一巴掌，表弟的脸歪向一边看不清表情。我连忙把小舅拉开，还没来得及解释，小舅妈抢过他的键盘，带着哭腔说：“天天不学好，我看你拿什么玩游戏。”

说完重重地把键盘往地上一摔，我就看到一些按键在地上弹来弹去，表弟飞快地扑到地上捡起键盘的残骸。

飞鸟被击落时，它体内的子弹也一样伤心，因为它们都一样想自由地飞翔，却在同一刻陨落在地。

我把表弟扶起来，带他回了我家，他尝试了很多方法还是没修好键盘，我说：“别弄了，我到时候再给你搞一个一样的。”

他有点感激。我们家的孩子好像都一个样，有种一根筋的神经质。

吃完饭后他情绪好多了，睡觉前他问我：“哥，今天打比赛我帅吗？”

我敷衍地说：“还行，我也看不大懂。”

他带着骄傲的神情说：“要是这场比赛赢了，我一定会得MVP（最有价值的选手奖），肯定会有职业战队找上我的。”

我拍拍他的脑袋说：“睡觉吧，你们这群网瘾少年是不是都不需要睡眠的？”

他嘿嘿一笑，半晌没说话。

我快要睡着的时候，他冷不丁地说了句：“哥，其实我觉得你的网络小说写得挺好的。”

我的心猛地一跳，想起了那条鼓励我的留言，我有点感动，支支吾吾地想为当年的幼稚狡辩，他却不再出声，我翻身一看，他已沉沉睡去。

一起沉默

我和老邢是很多年的哥们儿，五年前，我们一起到了北京。

北京是全国的政治文化中心，上海是全国的经济中心，我们考虑到自己不算是有钱人，但勉强还算个文化人，所以决定北漂。

我靠写稿子和接剧本为生，有时候写不出来就死命地抽烟。老邢靠写程序生存，有时候写不出来就玩命地喝酒。每当我们聚会的时候，就在路边吃烤串，看着北京灯火阑珊，感慨着人情冷暖。

北京就如一团绚烂的火焰，吸引着我们这群脆弱的飞蛾，我们知道会被烧死，却还是想离光芒近一点。

老邢是个比较固执的人，吃完饭结账，老板说是九十四块五，老邢给了一百块，老板说没五毛了只找了五块，老邢不干了，戳在那儿死活不走，说："还少五毛呢。"

老板说："我这儿没零钱了，下次你来我给你少五毛还不成？"

老邢打了个饱嗝说："下次来你就不认识我了。"

老板说："你这小伙子怎么这样啊，看你们的样子都是搞文艺的吧，怎么这么抠搜呢？"

老邢说："傻×才搞文艺呢！"

我在旁边坐着也中枪，跳起来拉着老邢说："你真他妈丢人，快走吧。"老邢却不依不饶，伸出手严肃地看着老板，老板没辙，又掏出一块钱递给老邢，说："算我怕你了。"

老邢把那一块钱一撕两半，递了一半给老板，说："我不占你便宜。"

老板气得差点昏过去，在老板抄家伙打人之前我连忙把老邢拉走了。

那时候我说我们的日子过得像没放盐的菜，索然无味，老邢却说我们的日子像没化妆的女人，看着没劲。除去房租、水电费和日常开销，我们每个月可供开销的钱不足一千块，而据我所知，北京的野模用的一瓶香水都不止这个数。

有一天，老邢在公司受了刺激，被人家嘲笑是老处男，下定决心要找个小姐破处，当时我安慰他说："破处就得破财，还是算了吧。”

老邢满脸酒气地说：“不行，我今天就得把这个事儿办了，我一分钟都等不了。”

于是我只能带着他去找发廊，皇天不负有心人，终于在三环外找到一家，老邢摇摇晃晃地进去了，我在外面边抽烟边等他。

老邢进去后看到一个小妹在沙发上打盹，长得颇有几分姿色，老邢就粗着嗓子问：“有人在吗？”

小妹吓了一跳，揉揉眼睛，问：“老板，洗头吗？”

老邢酒醒了一半，说：“我……我按摩。”

小妹笑了一下，说：“到后面来吧。”

然后带老邢去了后面的小房间，橘黄色的灯光下那小妹笑得很暧昧，老邢吞了口口水，说：“现在开始吗？”

小妹说：“老板别紧张，一看就是第一次出来玩吧。”

说完把上衣脱了，老邢头一下子炸了，连忙叫道：“你等等，等等！”

小妹瞪大眼睛说：“怎么了？”

老邢从包里掏出一瓶二锅头，猛地喝了几口后，稍微镇定了点，说：“你别急着脱衣服，我们先互相了解一下。”

小妹估计是从没有听过这样的请求，说：“了解什么？”

老邢又喝了几口，说："你是哪儿人，多大了，来北京多久了？"

小妹面带疑惑地说："你丫不会是便衣吧，你做不做，不做就快走。"

老邢连忙说："不是不是，我就是想聊下天。"

小妹打量了下老邢，估计也没有这么尿的便衣，就说："我是四川人，我今年十八岁，家里没什么钱，也没考上大学，跟着朋友就稀里糊涂地过来了。老板我跟你说啊，我刚入行没几天，待会儿你对我……"

小妹的话被一阵鼾声打断了，一低头，老邢趴在床上睡着了，小妹恼怒地穿好衣服骂了句傻×。

我也觉得老邢是个傻×，不仅是因为他在窑子里睡了两个小时啥都没干还付了两百块钱，而且还让我在寒风中等了他两个小时，冻得我脸色惨白，咳了半个月。

那时候我的梦想就是成为一个牛×的编剧，最好能和大导演合作一炮而红，老邢的梦想是成为IT大牛，让整个中关村都知道他的名字，我们都知道梦想是那么遥不可及，但是我们都在不懈努力。

因为梦想，就是一个让你感到坚持就是幸福的东西。

北京的冬天无比寒冷，比天气更寒冷的，是现实。老邢因为动不动就酗酒，导致思维不缜密了，编的程序漏洞百出，被炒了鱿鱼。我的剧本也无人问津，房租已经欠了两个月，房东每次来催租的时候都拿着一把开山刀，估计是觉得比较有震慑力。

我们把身上的钱全拿出来去外面喝酒，寒风中我们显得无比狼狈，二锅头太辣了，呛得我眼泪都流了出来，我说："要不咱们撤吧，回去找个正经班上。"

老邢摇了摇头，又喝了一大口，说："出来的时候，我就发誓，不混个人样决不回去。"

我无力地趴在桌子上，说："我们这样有什么意义呢？"

老邢拍拍我的肩膀说："出来了又灰溜溜地回去，才是真的没意义。"

冷风刺骨，我们都缩缩脖子。

我们死扛了一段时间，拿着简历到处找工作。我们虽然是本科，但在北京毫无优势，大企业看不上，小企业给的钱又太少。我们每天都吃泡面，导致后来一闻到泡面的味我就想吐，有一天老邢提了一大袋东西回来了，冲我嚷嚷："今儿我们不吃泡面了。"

我激动得跳了起来，说："我×，买了什么好吃的？"

老邢把袋子一打开，我傻眼了，是几个巨大无比的白面馒头，我吃了半个后，噎得够呛，就说："要不咱们买点酱蘸着吃？"

老邢也吃得脸红脖子粗，死命地点头。

可是下一秒，我们悲哀地发现，我们连一罐老干妈都买不起了。于是只能就着开水，把那些馒头全吃完。

那一瞬间，我觉得我们活得真他妈悲哀。

那天晚上我就回家了，我妈给我打了几千块钱，我把欠的房租还了后留了一千给老邢，自己坐上了火车，老邢并没有感激我，反而用憎恨的眼光目送我离开。我能够理解他，如果在北京有什么比冰冷的现实更可怕，那就只有孤独了。

那一刻，我是个逃兵，他是个被抛弃的伤兵。

火车开动前，我说："老邢，要不我们一起回去吧，北京也没什么好待的。"

老邢红着眼睛说："你滚！"

我不敢再看他，背上了行李，说："如果你缺钱就跟我说，哥们儿一定想方设法支援你。"

老邢还是那句话："你滚！"

我叹了口气，扭头进站，老邢拉了一下我的胳膊，我们对视一分钟，然后一起沉默。

回到家乡后我找了个私企上班，一个月工资虽然不高，但养活自己还是绰绰有余的，我会经常给老邢打电话，他一次都没有接过。

我托北京的朋友打听，知道老邢过得还不错，在一家不错的公司，都当上小经理了，而且还有了个女朋友，听说以前是个洗发妹，我不由得暗笑，想起了那个闹剧一样的夜晚。

春节的时候忙得不可开交，晚上拿起手机一看，发现有一个老邢的未接来电，我打过去依然没人接听。城市到处都是烟花，我给老邢发了条短信："到不了的地方叫远方。"

烟花落幕的时候老邢给我回了条短信："回不去的名字叫家乡。"

那一刻，我觉得相隔万里的我们，还是会一起沉默。

北斗星

我们想学会爱人
却总是更彷徨

当爱已成往事

武汉是一座矛盾的城市，充斥着不耐烦和荷尔蒙，有时候能看到身材高挑如模特的女白领，有时候也会遇到撒泼吵架的市侩大妈。在这里我交了很多好朋友，然后又陆陆续续地送他们离开，遇到了一生挚爱的姑娘，却又张皇失措地分手，武汉让我开心，也让我难过。

乔楠是我从小一起长大的朋友，帅得像漫画里走出来的人物，读高中那会儿，经常有姑娘扎堆在窗外看他，放学的时候会被姑娘堵着告白。乔楠却不敢谈恋爱，原因是他家太穷了，他的爸爸是送水工，妈妈在菜场卖菜，每个月都只给他百十块的生活费。那时候我们都喜欢踢球，有一次踢完球我们看到乔楠的球鞋破了，一只脚的拇指显眼地露在外面，大家都哈哈大笑，乔楠也跟着我们笑，说：“以后你们踢球别喊我了，这是我最后一双球鞋了。”

第二天是圣诞节，乔楠收到了一份圣诞礼物，打开一看是一双崭新的球鞋。乔楠有点被吓住了，因为那双鞋值千把块，对高中生来说，那是一笔巨款。我们都猜到是西西送的，因为西西特别喜欢乔楠，而且家里很有钱。乔楠放学后把球鞋还给西西，他说：“这礼物太贵重了，我不要。”

西西留着可爱的短发，笑着说：“你怎么知道是我送的？”

乔楠红着脸说：“地球人都知道了。”

西西却把球鞋塞回乔楠手里：“送你就是送你了，你还给我我也退不了啊，再说你不是挺喜欢踢球吗？”

此后每逢我们踢球，西西就在球场边给乔楠加油，大喊：“乔楠，射啊！”

乔楠一个趔趄，差点摔个狗吃屎，高中毕业后两个人就好上了，过大的贫富差距让两人之间矛盾重重，经常发生争吵。西西觉得乔楠自尊心太强，乔楠觉得西西太娇气，最后还是分手了。乔楠没去读大学，一个人背上包去了深圳闯荡。他走的前一夜大家聚在夜摊前，啤酒喝了无数瓶，大家到最后都哭了。乔楠是唯一在微笑的人，他说：“等哥们儿在那边混好了，就买一个大豪宅把兄弟们全弄进去腐败去。”

我强颜欢笑地说："好啊，到时候弄一架波音把我们全接过去。"

乔楠喝了一杯酒，说："没问题。"

然后背上包就摇摇晃晃地站起来，大家都要送他，他却不让我们送，摆摆手一个人走了。乔楠走后不到十分钟，西西哭成一个泪人般赶过来，知道乔楠已经去车站后就蹲在地上哭得像个孩子。

我劝她："西西，算啦，大家做好朋友也挺好的。"

西西嘴一咧："我又不是真的要他走，我只不过是说气话而已，他……太欺负人了。"

我把西西拉起来，还没想好安慰她的话，西西又扑到我的怀里号啕大哭起来。

在那个深夜，我第一次觉得武汉的夜晚居然如此寒冷，不知道是不是西西的眼泪洒在我怀里的原因。

乔楠走后西西一直保持着单身，估计是对乔楠余情未了。群光却对西西展开攻势，群光读书的时候就是老师心目中的人渣，吃喝嫖赌样样都会，成绩永远是班上最后一名。我们都把这个朋友当宝，因为父母数落我们时，我们可以义正词严地回应："我怎么了？我再怎么样也比群光好吧。"

虽然成绩不好，群光却有一股子闯劲，赌博时就能看出来，遇到好牌了总是把所有的钱都押进去，把围观的人吓得不轻。辍学后他在天桥上卖水货耳机，凭着出色的吹牛本事和讨好功力，让很多女学生成了回头客，居然让他狠狠赚了一笔。赚到钱后他自己开了个小店又卖起了水货手机，经常有顾客在他的店里问：“老板，你这苹果手机标志不对啊，怎么缺口在左边呢？”

群光若无其事地解释：“这是港货。”

顾客疑惑地问：“你这该不会是假货吧？”

群光唾沫飞溅：“假货？我×，你真是个文盲，你去过香港没？那边人开车驾驶座和内地都是相反的，知道吧，手机也一样，妈的，我以人格发誓我这个店绝对不卖假货。”

顾客被骂傻了，呆呆地付钱走了，此后只要群光在我面前说什么以人格发誓，我就知道那他妈的绝对是假的。

群光追西西前给乔楠打了个电话，问：“楠儿，你在那边怎么样？”

乔楠说：“还不就那样，吃不饱饿不死呗。”

群光吞吞吐吐地说：“我问你个事儿，你和西西还有联系没？”

乔楠愣了一分钟说：“没联系了，怎么了？”

群光说：“我喜欢上西西了，我要是追她你不会难受吧？”

乔楠大笑：“我×，该追追你的，做兄弟的支持你。”

群光还想说什么，乔楠却把电话给挂了。过了几周，群光去向西西告白，却被骂了个狗血淋头，西西脸红脖子粗地说："你怎么那么恶心啊？"

群光有点下不了台，说："我怎么就恶心了？我读高中时就喜欢你了，是乔楠对你先下手我才没说的。"

乔楠两个字就像炸药一样点燃了战火，西西愤怒地说："亏我以前还把你当朋友呢，我今天就把话跟你说清楚，我是因为你和乔楠关系好才搭理你，你以为你是谁啊，学习不好，成天不务正业，要是没有乔楠我这辈子都不会正眼瞧你一眼，快点滚。"

群光被气疯了，把花往地上一砸，往花上踩了几脚就走了。回到店里正好几个混混来扯皮，若是平时群光还会忽悠他们一下，那天却没那个耐心，他拍着桌子说："你妈的，滚。"

混混们也怒了，就和群光打了起来，一个混混打红了眼，拿起柜台边的水果刀就劈到群光脸上，周围的人都吓跑了，有好心人叫了救护车，群光被抢救了半夜，左眼彻底报废，一道恐怖的刀疤从额头蔓延到下巴。

群光出院后西西哭着给他道歉，群光却笑着摸摸西西的脸，说："这下我是真配不上你啦。"

群光也离开了武汉，没有跟任何人打招呼，就像从人间蒸发一样消失在大家的视线里。

我不敢给西西介绍男朋友，西西却给我介绍了女朋友。说她寝室有个姑娘特别漂亮温柔，如果我不把握一定会遗憾终生，我听她吹得这么玄乎就去见了见。林白就这么出现在我的世界里，陪伴了我人生最灿烂的那几年。

因为相识是在大学，穷学生只剩下小浪漫，寝室一个哥们儿每天去外面打零工给女朋友买化妆品，每次女朋友用洗面奶洗脸的时候他就在寝室以泪洗面。林白却从不收我的礼物，我有时候打零工赚了钱她就帮我收好。我们出去吃饭就在街角小饭馆，吃着便宜的小炒，过生日的时候就吃一碗长寿面。

同学们都说我们像老夫老妻，完全不像热恋中的男女朋友。看电影的时候永远是团购低价票。看《变形金刚3》的时候一票难求，可是我又特别想看，就和林白商量去买一张正价3D票，林白一口否决了，说：“你打零工一个月才六百块钱，一张票就得一百多呢。”

我说：“钱是王八蛋，花了咱再赚。”

林白眨眨大眼睛问我：“你真的想看吗？”

我说：“是啊，他们都说特效特别厉害，咱们也浪漫一回。”

林白敲敲我的头说：“这叫什么浪漫，这叫浪费。”

第二天，她不知从哪儿弄来两张电影票，看完电影出来的时候我兴奋不已，她就挽着我的胳膊要我别发疯。

我没有想过，那两张票是她熬夜在网上抢的，浪费了她两个小时。

大三的时候我们在学校外面租了房子，买生活用品的时候我抱着无所谓的态度，什么便宜买什么，林白却精挑细选，买个杯子挑半天。

我等得不耐烦，就去超市外面抽烟，回去的时候我说："租的房子费那功夫收拾什么，不知道哪天就得搬家。"

林白露出虎牙说："这叫生活质量，你不懂。"

林白给房间贴上墙纸，地上铺了毛毯，养了三条鱼，并吩咐我给它们取名字。我嫌麻烦，就在鱼缸边贴了个字条，上面写着鱼鱼鱼三条鱼，贴完后差点被林白踢死。每天晚上我们就窝在床上看电视，电视的信号不大好，动不动看到精彩部分就花屏了，我们就石头剪子布，谁输了谁就去摆一下天线，可笑的是每次都是我赢，林白总是气鼓鼓地跳下床去弄天线，让我哭笑不得。

我怎么会想到，每次都是她故意输给我的？

林白最大的优点就是不矫情，从不仗着自己长得漂亮就盛气凌人，对每个人都温柔款款。毕业那会儿我找不到合适的工作，天天借酒消愁，林白不禁好笑："你又不会作诗，学什么李白啊，整天醉生梦死的。"

我说："媳妇儿，陪我喝一口。"

她拿着杯子闭上眼睛抿了一口，辣得直吐舌头，我笑着说："你喝酒的样子真有味道，再喝一口吧。”

林白露出虎牙说：“你要是欠酒喝就去找你那群哥们儿啊，别想着把我灌醉了做坏事。”

我喝下一大口酒，想起了很多事，叹了口气说：“武汉好像没有能陪我喝酒的哥们儿了。”

林白看出我不高兴，拿起酒给我倒上一杯，然后陪我喝起来。那天晚上我们都醉了，我们依偎在床上，林白整个脸都红了，她把脸埋在我胸前说：“别怕，你还有我呢。”

外面下起了大雨，滴滴答答，我抱着林白，觉得自己真的足够幸运。

我一直觉得，她就是我心目中的完美女朋友，我们会一起毕业，然后结婚，再一起慢慢老去。

但理想还是败给了现实，她考上了研究生，我在社会上苦苦挣扎，那时候她风华正茂，而我是穷困潦倒。我这么自大的人，竟然也慢慢自卑起来，她的亲戚朋友都在劝她和我分手，她却置若罔闻，不为所动，还是把我看成世界上最厉害的人。

分手的那一天，我们聚在一起吃散伙饭。她考上了名牌大学的研究生，帮老师代下课接下私活赚的都比我多得多。那天她衣着光鲜，化着淡妆，让我不禁自惭形秽。林白眼睛有点肿，却习惯性地露出虎牙："今天我们浪漫一次，反正是最后一次了。"

于是我们吃了根本吃不起的西餐，服务员拿来一堆刀叉，我有很多都没用过，我说："这他妈是吃饭用的还是解剖用的？"

林白被我逗笑，切了块牛排递到我的嘴边，周围的人纷纷侧目，我有点难为情，说："我自己来吧。"

林白却不依不饶，我只能慢慢吃完她切好的东西。

吃完东西后我们去包场看了电影，当时《泰坦尼克号》重映，杰克沉到海底的那一瞬间，林白紧紧地拉住我的手，我觉得她的手有点发抖。看完电影后我们走过天桥，旁边有个小妹妹在卖花，林白努努嘴说："你还没送过花给我呢。"

我就跑过去把花全买了下来，周围的小情侣都对我指指点点，一个姑娘说："看人家，多浪漫。"

旁边戴眼镜的男生说："买那么贵的花不是傻×吗？"

走回家的时候，我问林白："今天怎么想着浪漫一把了？"

林白似笑非笑地说："帮你练下手呗，以后不学着浪漫，哪个姑娘看得上你啊。"

我听到这句话眼眶红红的，强颜欢笑说："你不是一直奉行浪漫再见吗？"

林白停下脚步，轻轻叹了口气说："你完全错了。"

我愣在原地，不知道自己错哪儿了，回过神的时候林白已经抱着花上楼了。

生活却总是爱开玩笑，越是想抓住的越是容易溜走，年轻的时候我们以为能够掌握一切，过后才了解最不受控制的就是自己的生活，林白也离开了我的世界。

林白和西西是在同一天同一个酒店结的婚，显示了她们伟大的友谊。我和乔楠西装笔挺地去了婚礼现场，把那两个新郎比得狼狈不堪。她们走上礼台的那一瞬，我和乔楠干了一杯，用苦酒堵住夺眶而出的眼泪。

散场的时候我们四个人相互拥抱，西西对乔楠说："咱们以后要比赛，看谁过得更幸福，你可不能输。"

林白叹了口气说："不在一起就不在一起吧，反正一辈子也没有多长。"

那一秒，我和乔楠两个大男人，都哭得像傻×。

第二天，我也离开了武汉，那时是黄昏，我进火车站前回头看了一眼武汉，建筑显得特别迷人，来来往往的姑娘显得特别可爱，家乡在离别的时候显得特别美丽，不知道是不是因为它的名字就要变成故乡。

别把筷子分开

（1）

苏灵自从单身后就见不得成双成对的东西，有时候煮面条煮得好好的，看见两根面条如胶似漆地缠在一起，她都要费大力气把它们分开。

吃饭的时候她不停地掰着一次性筷子，掰开一双又一双，嘴里还嘟囔：要你秀恩爱，要你秀恩爱……

我看不过去了，制止住她说："你又怎么了，不就过个光棍节吗，至于被刺激成这样吗？"

苏灵说："你觉得我漂亮吗？"

我有点慌，说："挺漂亮的，可惜不是我喜欢的那款。"

苏灵的大眼睛眨啊眨，说：“你觉得我可爱吗？”

我的背上一阵冷汗，说：“可爱，但是不可能被我爱。”

苏灵猛地抓住我的手，我吓得跳起来说：“女侠，有话好好说，您是不是购物车又满了？我这儿还有点零钱，您不嫌弃就拿去用，别劫我的色。”

苏灵说：“不行，晚上你要陪我去约会。”

我甩开她的手往门外跑，她一手扯着桌子，一手扯着我的袖子，巨大的声响让其他客人纷纷侧目。

旁边一大妈啧啧称奇：“现在的女孩子哪……”

苏灵喘着粗气说：“你丫别想跑，别以为我看上你了，只是借你用一天。”

我带着哭腔问：“怎么用啊？”

她说：“你先坐下，我指甲都花了。”

后来我才知道是她的前男友回来了，约她一起吃晚饭，她觉得有必要让那哥们儿感到后悔，就要我帮忙演一出戏。

吃完饭后，我惊魂未定地问：“那晚上我要怎么表现？”

苏灵说：“你觉得怎么秀恩爱最恶心，就怎么来。”

我犹豫了下说：“可以有身体接触吗？”

她拿出镜子照了照，说：“可以。”

我又说："可以亲亲吗？"

她风驰电掣般地给了我一巴掌，说："你只是个死跑龙套的，咱们要演的是文艺片，不是三级片，脑子里想什么呢？"

晚上六点，我们在天桥准时见面，她穿着黑色礼服，露出白皙的胳膊，化着淡妆，在夕阳的余晖中显得很女人，她皱着眉头问我："你怎么穿成这样就来了？"

我说："你又没给我发服装，我怎么知道要穿什么？"

她说："我们是去吃西餐啊，你这破牛仔裤多不搭啊。"

我说："你是不是没文化啊，最开始吃牛排的就是牛仔啊，牛仔裤怎么不搭了？"

她愣了会儿，冷不丁伸出手揪住我的耳朵，说："死跑龙套的还敢和主角顶嘴。"

我只感觉脑袋一麻，差点从天桥上摔下去。

到了西餐厅以后，一个男的冲我们挥挥手，我们走了过去。那哥们儿长得很斯文，论相貌只比我略逊一筹，可惜开始谢顶了，头上有几块地方寸草不生，显得很滑稽。我信心暴增，心想这种货色我能碾压十个。但是苏灵的气势被压下去了，因为那秃子旁边坐的是一个美女，身材十分火辣。苏灵看看那美女的胸部，又看看那美女的腰部，气馁地坐在椅子上。

上菜后那秃子问我：“兄弟你从事哪一行啊？”

我边切牛排边说：“我是自由职业者，没有固定的工作。”

秃子奸诈一笑，说：“羡慕啊，我就想过那样的生活，虽然赚的钱很少，但自由啊。”

我说：“我也挺满意的，上次接了个剧本忙活了半个月，就可以吃一年了，比那些朝九晚五上班的人时间确实充裕点。”

秃子就像被鸡蛋噎住了一样，我把切好的牛排喂到苏灵嘴边，说：“亲爱的，吃一口。”

苏灵还没从刚刚的打击中缓过神来，我一脚踩过去，她痛得叫了一声，我把牛排丢进她嘴里，然后搂着她的腰说：“随便吃，你放心，我永远不会嫌弃你胖的。”

这时候那美女说：“男人就是会甜言蜜语，小妹妹，千万不要被这些话迷惑了，等你年老珠黄了，他们保证跑得比兔子还快。”

我说：“大姐你说得对，你一定要好好保养，说不定马上你旁边的兄弟就跑了。”

话一落音，对面的两人脸全黑了，苏灵恢复了状态，挽住我的胳膊对我甜甜地一笑。

吃完饭后秃子把红酒喝完，打了个饱嗝，用极其伪善的语调对我们说：“看到小灵找到男朋友我就放心了，当时分手的时候这丫头三天两头地挽留我，但是没办法啊，我们两个人不合适啊。她当时流的眼泪都快填满后海了，我还怕她一辈子就这么完了，现在终于放心点了。”

苏灵的脸涨得通红，手都有点颤抖，我把她的手握紧，对那秃子说：“朋友，小灵这个称呼是我叫的，你现在没资格叫了。当初她弃暗投明和我好的时候，我有点纳闷，小灵长得这么漂亮又温柔，为什么会看上我。她说因为我人好而且头发多，当时我不明白这句话的意思，今天见到你这才明白，头发多的男人，人品都不会太差。”

秃子嘴角抽搐，好像要发癫痫一样。

说完我们扬长而去，不理会秃子仇视的眼光。

回去的路上，苏灵一言不发，我松开了她的手，在旁边默默地陪着她。

突然她眼睛一亮，看到路上有两块摆放整齐的砖头，放下包去把一块砖头提起来，大力地丢到远方。

我的头一下子大了，这姐们儿还在刺激中呢。

我说：“我的戏也演完了，要回去睡觉了，再见。”

说完拔腿要跑，苏灵迅捷地伸出手扯住我的皮带，我连忙提着裤子大叫：“你不是说演文艺片吗，脱我裤子干吗？”

她眨眨眼睛问：“我可爱吗？”

我说：“可爱可爱，先把我皮带松开。”

她又问：“我漂亮吗？”

我说：“漂亮漂亮，别这样，让别人看到了影响不好。”

她涨红了脸，松开我的皮带说：“那你跑什么，死跑龙套的，你没有梦想吗，不想当主角吗？”

晚风吹散她的头发，她的眉眼弯弯，突然间让我有点着迷。

（2）

喝醉的人是最容易出事的，一方面是因为他们失去了理智，一方面是酒精提升了荷尔蒙，这两样都很危险。

在没干出什么傻事之前，我拉拉苏灵，示意她快点撤。

苏灵的同事们却把我们拦住，说：“别走啊，才十一点呢。”

苏灵满身酒气地靠在我身上，说：“我要回去了，明儿还有活呢。”

一个胖姑娘跳出来说：“大不了请假呗，我们还想玩真心话大冒险呢，你们走了多没劲啊。”

包间里乌烟瘴气，连我这杆大烟枪都觉得呛人，他们居然受得了。

既然跑不掉，就只能坐下来陪他们玩。苏灵确实喝多了，挽着我的胳膊昏昏欲睡。

给每个人编上号码，用骰子摇，摇到谁就谁来，胖姑娘呵呵一笑就说："那我先摇吧。"

说完虎虎生风地摇了起来，看她那咬牙切齿的样子，我觉得她可能会把人家骰子给摇碎了，她轰的一下把骰壶盖在桌子上，连酒瓶都被震得跳了起来，大家的酒也被吓醒了一半，一开是3号，刚好是苏灵。

胖姑娘说："苏灵，你运气真好，真心话还是大冒险？"

苏灵说："真心话。"

胖姑娘贼眉鼠眼地眨眨眼，问："你第一次和男人开房是什么时候？"

包间里一下子沸腾了，大家都没想到一开始就是这么重口味的问题，苏灵脸红红的，说："非得答吗？"

胖姑娘倒了一大杯酒，这杯子还真他妈大，都快赶上这胖姑娘的半张脸了，她说："不答也行，把这杯酒喝干就成。"

我把酒杯拿过来说："我替她喝了。"

胖姑娘按住我的手说："哟，英雄救美啊，不过要别人替的话就是三杯哦。"

我愤怒地看着她，考虑着要不要把这酒杯盖到她的大饼脸上去。苏灵却拦住了我，说："我答，是十二岁。"

包间里一阵沉默，继而发出几声怪叫和口哨声，男同事都用奇怪的眼神打量着苏灵，胖姑娘说："苏灵，够早熟的啊。"

苏灵瞪大眼说："这跟早熟有什么关系？十二岁时我爸带我去北京玩，那时候正是旅游高峰期，没有多余的房间了，我爸就和我住在一间了，算是我第一次和男人住一间房吧。"

大家一片嘘声，苏灵却笑着捏捏我的手，我稍感安慰，原来这丫头还没醉。胖姑娘又虎虎生风地摇了起来，随着一声大响，胖姑娘一开骰壶，居然是5号。

大家都望着我，胖姑娘不怀好意地笑着问我："真心话还是大冒险？"

我抄起旁边的杯子喝了一口，说："大冒险。"

旁边人纷纷起哄，说："你和苏灵接吻，要超过一分钟。"

苏灵的脸更红了，我感到为难，不知道该不该亲，最后做好思想准备，想着破釜沉舟亲了再说，结果脸还没凑过去就被一只胖乎乎的手给拦住了，胖姑娘说："不行，太简单了。"

我深吸几口气，砂锅大的拳头忍住了没往她脸上招呼。

胖姑娘说："你要去包间外找个姑娘，牵着她的手进来。"

那群看热闹的人都表示赞同，真他妈如鲁迅先生所言，中国人还是太爱看热闹，也太冷漠了。

我向苏灵求助地望了一眼，她居然朝我竖起大拇指，用一种“我看好你”的眼神鼓励我，我揉了揉太阳穴，拉开包间门走了出去。

门外转弯处有一个大妈，正在拿着拖把拖地，我连忙跑过去对大妈说：“阿姨，我给你五十块钱，你陪我到包间里待一会儿成吗？我玩游戏输了。”

大妈用惋惜的语气说：“小伙子啊，我可是能做你妈的人了。”

说完拿着拖把走了，一阵冷风吹过，我觉得无比尴尬。

这时候一个熟悉的身影一闪而过，我发现她是我的一个学妹，长得虽然一般般，但是此刻在我的眼中如女神一般闪耀着动人的光芒，我上前和她打了招呼，原来她已经毕业了，想在找工作前再放松一把。

我和她说了情况，学妹笑嘻嘻地说：“行啊，学长，行走江湖的‘义’字为大，我陪你走一遭。”

回到包间后胖姑娘无话可说，苏灵的同事们纷纷用牛×的眼神盯着我，苏灵看着我没说话，好像也没怎么生气的样子。

游戏继续，我拿起骰壶摇了起来，天灵灵地灵灵，一定要摇到那个死胖子。我在心里祈祷了一分钟，重重地拍在桌子上，一开，是4

号。真的是那个胖姑娘，我当时乐得差点跳起来。

我问她：“真心话还是大冒险？”

她一副不爽的样子撇撇嘴说：“大冒险，谁怕谁啊。”

我说：“好，有种，听说你以前是体育系的？”

她翻了个白眼说：“关你什么事儿？”

我说：“我只是对你的敬仰之情难以言表而已，这样吧，你给我们表演一个倒立怎么样？”

她表情一松，说：“这对我来说也太简单了，你要不要考虑换一个？”

我心想你这么胖也倒立得起来？不会是心虚吧？我说：“不换了，你要是能倒立三秒我立马把桌上的酒全喝了。”

包间里火药味浓到顶点，大家都盯着我和胖姑娘。胖姑娘二话不说拉开了架势，双臂高高地举起来，身体往前一扑，咬着牙闷哼一声，沉重的双腿居然立了起来。但是她忘记了她穿的是短裙，裙子像香蕉皮一样垂了下来，大家都看到了她的白大腿和红内裤。

大家一阵大笑，纷纷鼓起掌来，苏灵用力拍拍我的胳膊，觉得我过分了点。

胖姑娘立刻反应过来了，她慌忙站起，捂住脸跑了出去。

包间里一片沉默，我把桌上几杯残酒全部喝完，拉起苏灵走了出去。

快到家的时候苏灵说："你明天和人家道个歉吧，毕竟她是个女孩。"

我点点头，说："好，以后咱们不要参加这种聚会了，没什么意思。"

说完我扭过头准备回家，苏灵却猛地跑过来跳到我的背上，嘴里的酒气和头发的发香都传了过来，她笑着说："我问你一句真心话，你要老实回答我。"

我说："你不是说我没一句实话吗？"

她用手敲敲我的脑袋，问："你是怎么在五分钟内牵了一个姑娘回来的？"

我哈哈大笑，说："这是秘密。"

她还要敲我的头，我假装要把她摔下去，吓得她大声尖叫和欢笑。

（3）

从武汉至广州，坐动车需要四个半小时，也许是我人生中和苏灵在一起的最后四个半小时。我们坐在座位上四目相对，苏灵递给我一瓶水说："还是分开吧，我太累了。"

我无比诚恳地说："能不能不分开？有什么做错的我改还不行吗？"

苏灵垂下眼："就是这样，你连自己错哪儿了都不知道。"

动车缓缓启动，然后以一种不可思议的速度飞驰，就像我们渐行渐远的爱情。我必须把握好这四个多小时，来重新俘获面前这姑娘的心。

刚好不远处一哥们儿旁边放着一把吉他，我说："我给你唱首歌吧，要是我唱得还行，咱们就暂时不分开怎么样？"

苏灵喝了一口饮料，大眼睛瞟了我一眼，说："你要是不怕扰民就唱吧。"

有戏。

我走过去问那哥们儿："兄弟，吉他不错，能借我几十分钟吗？"

那哥们儿一脸络腮胡，鼻子朝天地问我："你这样的也会玩吉他？"

我说："略懂，略懂。"

他却一摆手："吉他和老婆恕不外借。"

妈的，现在玩音乐的小伙子怎么都这副德行？

我从钱包里拿出两百块钱递给他，说：“那我租吧，一个小时两百怎么样？”

那厮以迅雷不及掩耳之势接过我的钞票，对着灯光看了几秒，把吉他甩给了我。

回到座位上，我问：“你喜欢听什么？”

苏灵说：“随便，你来首不跑调的吧。”

我调了调音，来了首*Just Give Me a Reason*《只是给我一个理由》，高音猛、低音沉、中音准，用两个字概括就是通透，曲音刚落，车厢里的掌声一浪接着一浪，几个姑娘甚至都给我抛媚眼了。

我兴奋地问：“还行吗？”

苏灵点点头，说：“凑合，我还不知道你会这么多歪门邪道呢。”

我跳起来说：“那……不分手了？”

苏灵冷酷地说：“分！”

我把吉他往旁边一砸，说：“为什么？”

络腮胡连忙跑过来，拿起吉他左摸右看，愤怒地说：“哥们儿，吉他和女人一样，万事不动手啊。”

我说：“我以为是演唱会呢，唱高兴了情不自禁就砸了。”

络腮胡心疼地抱着吉他走了，苏灵扭头看着窗外，没搭理我。

列车到了一个站点，停了十分钟。

苏灵冷冷地说："你就在这个站下吧，别送我了，还能回家吃晚饭。"

我说："我不下，我不吃晚饭。"

苏灵嫌弃地说："你真像个无赖。"

我死猪不怕开水烫："我今天就赖上你了，有本事你自己下啊。"

苏灵站起来拿行李，把包背在背后往车厢外走，我急了，连忙拉住她，她说："你别跟着我。"

我说："你怎么那么讨厌我，前几天不还好好的吗？"

苏灵说："你身边姑娘太多了，我没有安全感。"

我说："有钱长得帅又有才华是我的错吗？"

旁边几个大学生正在喝水，其中一个一口喷了出来，用不可思议的眼神来回打量我，好像在想我是怎么厚颜无耻说出这话的。

苏灵也被激怒了，加速往车厢外走，我从后面抱住她，她头发甩过我的鼻子，带着一阵发香。

苏灵涨红了脸，说："你把我放开，你把我放开。"

旁边的乘务员大声呵斥："别拉拉扯扯的，要下车就下车，像什么样子。”

好不容易把她拉了回来，她余怒未消，说：“下一站我就下车，你敢拉着我我就报警。”

我说：“我错了，我马上把手机里的姑娘都删了，电话簿里只留你和我妈的号码。”

苏灵直直地看着我，说：“真的？”

我说：“我保证，相片我也删了，哪怕相册里有一只母蚊子都不行，以后除了你的自拍，我只看风景画。”

苏灵笑了下，说：“你删给我看。”

我拿出手机，咬着牙含着泪删掉了手机里所有异性的号码，对不起了我的小红、小丽还有小美们，删完了把手机递给苏灵检查，她看了看说：“挺好，挺干净的。”

我说：“那你是不是原谅我了？”

苏灵残酷地说：“我是作为一个普通朋友劝你洁身自好，我想明白了，我们还是分开的好。”

我怒了，说：“为什么？”

苏灵说：“你永远都只在乎你自己，从来不理会我的感受。”

我说：“我怎么不在乎你了？我为了你什么都可以做。”

苏灵说：“为什么每个男人都是要失去的时候才知道珍惜呢，早干吗去了？”

我说：“你不信是吧，我证明给你看！”

说完我脱掉外套，又脱掉毛衣，然后又脱掉T恤，然后又开始解皮带。

苏灵瞠目结舌：“你干吗呢？”

我说：“我在车厢裸奔一圈给你看。”

苏灵差点昏过去，低声说：“你疯了？快把衣服穿好。”

我说：“老子不穿，爱上了姑娘就不放手，脱掉了衣服就不穿上，老子一直这样。”

说完就不由分说地解皮带，结果两个男乘务员过来了，指着我大声说：“你你你，就是你，你干吗呢？”

苏灵拉了拉我的手，露出恳求的眼神。

我说：“我太热了，怎么了？”

其中一个高个子乘务员说：“热用脱成这样吗？你怎么不把内裤也脱了呢？”

我说：“我正准备脱呢，被你们打断了。”

苏灵连忙站起来冲乘务员鞠躬，说：“这是我男朋友，他那个，脑子不大好。”

说完掐了一下我的胳膊，我本来想演个白痴算了，被掐后心里却升起一股火，我说：“我脑子好得很，我智商超过120呢，你们两个的智商加起来都不一定有我高。”

两个乘务员听到这话，不由分说把我胳膊反扭，苏灵大叫了一声，说：“你们别这样，放开他啊。”

本来不大痛，为了让苏灵更加愧疚，我发出了一声惨叫，仿佛胳膊被扭断了似的。

二十分钟后，我被赶下了车。落脚点是个我连听都没听过的小城，苏灵跟我一起下来了，闷不吭声地往前走着。

出站后，苏灵扭过头问我：“你多大了？”

我叼上一根烟：“二十六。”

苏灵恨铁不成钢地说：“我觉得你只有六岁。”

晚风拂过我们的脸，这个并不发达的小城在夕阳下显得很有味道，古色古香的建筑，清澈见底的护城河，都让我无比惬意。

我说：“不管怎样，先找个地方住吧。”

在路边随便吃了点饭，我们住到了旅馆的一个标间，苏灵穿得规规矩矩，像防罪犯一样防着我，夜深人静时，我认真地问她：“说真的，你到底为什么要离开我？”

她叹了口气，说：“咱们能不谈这个吗？”

我说：“你说吧，你说清楚我就不纠缠你了。”

房间陷入长时间的寂静，我怀疑苏灵是不是睡着了，她却来了句：“你心里有别人，你爱的不是我。”

我坐起来说：“不可能！”

又是很长时间的寂静，苏灵哽咽着问：“那……林白是谁？你很多次都在睡梦中叫她的名字。”

我的心里闪过一道霹雳，然后无力地倒在床上，仿佛心脏中了一颗子弹。

苏灵跑到我的床上，紧紧地抱住我，她的身体紧紧地贴着我，我能感受到她的眼泪滴在我的胸膛上。

她说：“你说过爱我一辈子，可能你自己都误会了，你说的应该是下辈子。”

我无言以对，只能紧紧抱住怀里的姑娘。

苏灵哭个不停，我说：“对不……”

剩下的字符还没来得及说出，苏灵就用力吻住了我，黑暗中我看不清她的表情，可是她一定很伤心，我想。

第二天睁眼时，苏灵已经离开了我的世界，我的胳膊肿了一大块，旁边的柜子上放着几瓶跌打药。

我怅然若失地下楼，走在青石琉璃的长街，细雨慢慢地飘了下来，打在我的脖子上，让我一阵发颤，冷得就像昨晚她的眼泪。

这么好的风景，昨晚应该牵手的。

我揉揉眼睛，站在空荡荡的街上无比悲伤。

（4）

我再也没有见过苏灵，和朋友一起吃饭的时候我会习惯性地掰一次性筷子，朋友都笑我单身太久了。

光棍节的时候我一个人在家做饭，做了一桌子好菜，准备吃饭的时候却发现只有一根筷子，我找遍了整个屋子也找不到另一根。

我突然特别想念苏灵，原来真的不该把筷子分开的。

爱情只需八九分

去火车站接到南宫的时候，我已经彻底惊呆了，这他妈还是当年的班花吗？

岁月真是太残酷了，当年秀色可餐的南宫居然变成了这样，窈窕的身材已经被一堆肥肉取代，清秀的五官也消失不见了，只剩下一个大饼脸冲着我傻笑。

她冲我挥挥手，大步跑了过来，就像一辆大货车一样，我在那一瞬间有种错觉，我会直接被她撞到铁轨下。我靠着本能躲开她的拥抱，她扑了个空，说："你干吗啊，老同学见面一点都不热情？"

我说："你这变化有点大啊。"

她笑笑说："变丑了呗，我知道。"

我说："也不是，只不过丰满了点，也挺好的，我们找地方吃饭吧。"

说完我拎过她的行李，走到外面找了个地方坐下，她热得满头大汗。我问："想吃什么？"

她拿起菜单看了会儿，又丢给我："你点吧，这些东西我好多都没吃过。"

我就点了几个招牌菜，等菜的时候我问："怎么想着过来这边的，是不是为了考察我们武汉人民的生活水平？"

她笑着说："是啊，咱们乡下人进城走一遭，看看花花世界呗。"

我想起初中那会儿我和她曾经当过短暂的同桌，那时候我没事就趴在桌子上偷看她，那时候南宫个子高挑皮肤白皙，学习成绩还非常好。中午吃饭的时候，南宫一打开饭盒我就馋得流口水，因为她妈妈做的饭实在太香了，她看到我那样就笑个不停，会夹起一大块肉片递到我嘴边。

我还有点羞涩地问："我吃了你吃什么？"

她笑笑说："没事儿，我爱吃青菜不爱吃肉。"

那时候的班主任经常教训我，不准我上课跟南宫讲话，她是个上重点高中的苗子，不能跟着我近墨者黑了。

我信誓旦旦地说："老师你放心，我保证不打扰她学习，我也相信她会出淤泥而不染，濯清涟而不妖。"

班主任猛地给我一巴掌，说："什么时候轮到你在我面前转文了？"

回到班上，我看到一个黄毛坐在我位子上和南宫窃窃私语，南宫还笑得挺开心的，我就推推黄毛说："起开，我要做作业了。"

那黄毛是学校的一个混混，经常跟高中生一起在网吧、游戏厅厮混，打架闹事是家常便饭，黄毛瞥了我一眼，说了两个简洁明了的字："滚蛋。"

话音刚落，我的文具盒就盖在了他头上，我们扭打起来，南宫吓得大叫。

香味把我从回忆拉回现实，南宫拿起筷子用卫生纸擦擦，然后埋头吃起饭来。看着她大快朵颐的样子，我感慨良多。

吃完饭后我问："你住哪儿啊？"

她说："不知道，你给我找个地方住吧，不要太贵的，我没带多少钱。"

我给一个开旅馆的哥们儿打了电话，说了下要求，他在电话那边嚷嚷："放心，五星级的酒店咱这儿没有，其他的标准哥们儿这儿全齐。"

然后我们就过去了，放下东西后南宫说：“这地方挺好的，住一晚多少钱？”

说完掏出钱包要给我钱，我说：“不用，这旅馆是我一朋友开的，不收钱。”

她讪讪地收回钱包，我看到她钱包里好像根本没钱，我若无其事地说：“你坐了那么长时间的车也累了吧，先休息吧，明天我再来接你。”

她感激地冲我点点头，我替她关好门下楼，那哥们儿拍拍我肩膀说：“你他妈口味变重了啊，开始喜欢吃肥肉了。”

我打开他的手说：“别瞎说，就是一个老同学。”

他颇有深意地笑着，我给了他一脚，然后走了。

夜色中我点燃一根烟，孤独地往家里走着。天空中一点星辰都没有，无边的黑暗让我觉得很压抑。我想起了初中时的那个夜晚，打完架后我陪着南宫往回走，南宫有点沉默，我说：“你别怕，那小子以后再骚扰你我接着收拾他。”

南宫猛地回头用强调的语气说：“他是我男朋友。”

我结结巴巴地说：“初……初……初中生不能谈恋爱。”

她的眼睛闪啊闪的，说：“我也知道啊，可是我爱上他了。我已经决定了，读完初中就陪他去外地工作，他的梦想是当一个歌手，他唱歌可好听了。”

我用力呸了一口，说：“就他那猴样还唱歌，有话筒高吗他？”

南宫有点生气，但是也没对我发火，用一种过来人的语气说：“你不懂，等你爱上一个人的时候就知道了，爱上了一个人就会用尽自己的所有力气去对他好，全心全意不留一点余地。”

我心想，琼瑶小说真他妈害人不浅，然后头也不回地走了。第二天，我敲开班主任办公室的门，对班主任说：“老师，我有重要情况向你报告。”

班主任边喝茶边说：“有屁快放。”

我说：“南宫谈恋爱了，还说要和那男生私奔。”

班主任一口浓茶喷在我脸上，我差点昏过去，班主任一脚就把我轰出门，说：“下次再瞎扯淡我踹死你。”

我回到教室，南宫和一个男生商量好，然后收拾书本换了座位，坐在教室里距离我最远的地方，从此不再和我说话。

一夜无眠，起床后我去旅馆找南宫，敲了半天门也没反应，我就给她打电话，听到手机在房里响半天没人接，我心想，搞什么鬼啊。我找到那哥们儿要了把钥匙把门一开，我们两个人都吓蒙了，南宫脸色苍白地躺在床上，血顺着她的手流了一地，我连忙打电话叫救护车，那哥们儿给了我一拳说："我×你妈的，带个神经病过来我这儿，他妈的要是闹出人命了老子还怎么做生意啊？"

我吼了句："你别他妈添乱了，拿毛巾来。"

那家伙连滚带爬地拿来毛巾，我把南宫的伤口包住，血还是浸透毛巾流出来。我的手抖个不停，好在这时候救护车来了，几个人把她抬下楼送上车。

好在这姐们儿是早上割的腕，医生把她救回来了。我头上和背后都是冷汗，看到她醒了，怒不可遏地说："南宫，你他妈的搞什么鬼，你是专门来这儿自杀的吗？"

她虚弱地说："我口渴。"

我把杯子递到她嘴边，她抿了一口，眼泪就流了出来，她说："活着太累了，我不是故意连累你的。"

我把杯子摔在地上，吓得旁边的小护士针都扎偏了，那病人惨叫一声昏过去，我说："我看你是言情小说看太多看脑残了，你以为你死了有多少人为你伤心呢？会为自己的不珍惜后悔呢，还是会在余生默默地想念你呢？去你妈的，这些都是骗人的，生活中除了你爹妈，还有谁会在乎你的死活？"

南宫嘴一咧，哭得更大声了，护士把我推了出去，说："到外面去，病房里禁止喧哗！"

我给一个初中同学打了电话，那姑娘说：“哟，大作家，今天怎么想起联系我了？”

我说：“你和南宫不是住得挺近的吗，她这些年过得怎么样？”

那姑娘说：“哟，还余情未了呢，我告诉你，她现在可不是当年的样子了，还没我漂亮呢，你要是想玩怀旧还不如找我呢。”

我笑了笑说：“没有，我就是瞎打听一下。”

那姑娘说：“南宫和一个混混跑到了外地，两个人瞎混了几年，没攒什么钱还落下了一身毛病。那混混吸毒了，南宫好像也生不了孩子，两个人成天胡吃海喝，连工作都不找。我也是听居委会那群大妈说的，也不知道是不是真的，反正就是挺惨的，上个月那混混自杀了，南宫就不知道去哪儿了，她爹妈急得上蹿下跳的。”

我叹了一口气，瞎扯几句后挂了电话。

此后两天我请了假在医院照顾她，她的情绪好了点，我像个大婶一样安慰她：“你还这么年轻，要走的路还长着呢，不要这么想不开。”

她说：“你怎么跟我妈的口吻一样？”

我说：“你答对了，我给你爸妈打电话了，他们估计下午就到了。”

她的脸一白，跳起来拔掉输液管就要跑，我把她按在床上，她死命地挣扎，打着我的头说："你别管我你别管我。"

旁边的一个大爷看不过去，颤颤巍巍地劝我："小伙子，这姑娘还生着病呢，强扭的瓜不甜啊。"

我脸红脖子粗地把南宫制住，气喘吁吁地说："别闹了，老子早就跟你说过，人生永远都有回头路。"

她停止了挣扎，呆呆地看着我。

中考结束后，南宫背上行李从房间里跳出来，我刚好路过，堵住了她。她的脸红红的，说："你怎么在这儿呢？"

我说："你这大包小包的是要去哪儿啊？"

她说："我要去北京了，我要和他一起去追寻梦想。"

这话把我酸得差点吐出来，我说："你不会是玩真的吧？"

她冲我笑笑，刘海下的眼睛无比清澈，然后头也不回地走向车站。我拉了一下她的袖子，说："要是后悔了就回来，人生永远都有回头路。"

她甩开我的手，说："我的人生就是一条单行道，不会有回头那种东西。"

我望着她的背影苦笑，把准备好的礼物甩进垃圾桶。

南宫离去的时候和我相视而笑，她的眼睛好像恢复了当年的清澈。

我笑着说："下次希望你再来的时候是过来旅游的，我还有好多东西没带你去吃呢。"

她点点头说："我减肥成功了再来，好歹我也是你的初恋情人呢，不能让你太丢份儿。"

我说："一言为定。"

然后就把背包递给她，里面有些吃的。她跳上火车冲我挥挥手。

"爱情只需八九分，剩下的是回忆。"

我拉拉围巾往外走，我写给她的字条夹在一堆食物里，也不知道她能不能看见。

污一点的女生才可爱

深夜一点钟，我陪许琪看了一场午夜场电影，是一部很烂的国产恐怖片，情节漏洞百出，对白苍白无力，我们坐在最后一排的角落窃窃私语，电影院里除了我们还有一对小情侣，许琪摇摇我的胳膊说：“你看你看。”

我睡眼蒙眬地说：“有他妈什么好看的，我都猜出凶手是谁了。”

许琪说：“你看前面那男的在干吗呢？”

我抻长脖子偷偷瞟了一眼，看到那男人把手伸到女人衣服里疯狂地探索，那女人浑身无力地靠在男人肩膀上。我笑了笑，喝一口可乐，许琪突然夸张地大叫一声：“好可怕。”

我一口可乐就喷了出来，前面那对男女也吓得一激灵，男的闪电般地把手抽了出来，正襟危坐，女生整整衣服往后瞟一眼，带着惊魂未定的眼神。许琪偷笑个不停，眼睛亮亮的透出狡黠的光。

此后每当那男人跃跃欲试的时候，许琪都会发出夸张的惊叫声，我估计那男人心里把我们祖宗问候了个遍。散场的时候那男人撞了我一下，我看得出他是有意的，我说："干吗呢哥们儿？"

他挑衅地看着我："怎么了？"

许琪拉拉我的袖子示意算了，他又把我肩膀一推说："别挡道。"

我反手把他胳膊一扭，膝盖顶在他小肚子上，他发出一声闷哼，脸涨得通红，又冲过来和我搏斗，两个女人同时发出尖叫。那男人居然留着长指甲，我的脸被拉了一道口子，我愤怒地一拳打在他鼻子上，他捂住鼻子靠在墙壁上，我冲过去还要打，却被电影院里的工作人员给拉开了。

走回去的时候许琪笑个不停，我说："你还有脸笑，要不是因为你打扰了人家的好事，我犯得着跟人家自由搏击吗？"

许琪指着我的脸弯着腰："哈哈，你现在真像猫脸老太太。"

皎洁的月光印在她的脸上，我发现许琪其实长得也蛮好看的。这是我第N次跟着许琪倒霉了。许琪的性格有点像男孩子，荤段子张口就来，有时候一群男人聊天，说了句比较有“内涵”的话，大部分人都没反应过来，许琪就在一旁哈哈大笑，让那些男人纷纷侧目。

有一次我们逛商场，许琪看中了一条很贵的裙子，她对我说：“借我一千块钱，我的钱不够。”

我用力按住钱包说：“英雄，你要劫就劫色吧，我真的没钱。”

许琪瞪着眼睛说：“快点拿出来，别逼我动手。”

我后退三步保持安全距离，打算情况不对拔腿就跑。许琪用力揉揉眼睛蹲在地上哭起来，她指着我骂：“你这个没良心的，我刚有了孩子你就去外面找别的姑娘，我天天在家吐得死去活来，你还有心情去外面花天酒地，这也就算了，还要拿我的钱去赌博，你还有没有人性啊，这是孩子的奶粉钱啊。”

周围聚了一堆围观人员，我像被雷劈了一样呆在原地，旁边的一个大爷诚恳地对我说：“小伙子啊，男人还是要负点责任啊，你看大爷我，虽然总是和别的大妈跳广场舞，但心里只有我老伴一个。”

我还没来得及辩解，大爷旁边的大妈一耳刮子就抽上去了，扯着大爷的耳朵骂：“你个老不死的，你不是说你不会跳广场舞吗？”

大爷歪着脖子痛苦地解释：“前几天刚学的，刚学的。”

鸡飞狗跳中，许琪的演技达到巅峰，泪珠子挂在眼眶楚楚可怜地看着我，一只手还轻轻抚摸着肚子。我看到旁边有几个人都拿出手机在拍照，估计是想搞个大新闻，我把许琪拉起来，把钱包双手递给她，小声说："是在下输了，别闹了。"

许琪白了我一眼，蹦蹦跳跳地付账去了，我扭头一看，那大爷还在被痛殴，叫得十分凄惨。

还有一次，许琪把我的电脑借用了几天，还回来的时候冲我坏笑，说："别看D盘里的东西。"

我觉得以她的性格肯定又干了什么彪乎乎的事情，回到宿舍后打开D盘一看，我整个人都傻了，全部是色情片，而且还是男男的爱情动作片。我目瞪口呆地盯着屏幕时，我的室友回来了，看到此情此景无比凌乱，那天下午室友就搬了出去，估计是怕我对他有什么不良企图。

我试图挽留室友，拍拍他的肩膀："你别误会，我是喜欢女人的。"

室友触电般地甩开我的手惊叫："你丫别碰我。"

然后提上行李着火般地跑下楼，差点摔死在楼道。

我觉得许琪以后肯定嫁不出去，许琪不以为然地对我说："污一点的女生才可爱。"

我反驳："太污的女生就不可爱了，就很可怕了。"

过了一周，办公室的小妹约我吃饭，那姑娘长得很漂亮，而且显得很纯情，是我喜欢的那一款。我在宿舍换上一套干净衣服，把头发整理了下，准备出门的时候许琪进来了，斜着眼睛问我：“你打扮得像个鸭似的干吗啊？”

我说：“你怎么不敲门就进来了？”

许琪说：“你这破门有敲的必要吗？晚上我们一起去吃火锅吧，公司刚给了我一张券。”

我说：“不去，我晚上约人了。”

许琪愣住了，问：“约谁了，男的女的？”

我把领带系好说：“当然是女的，妈的，我是直的，你别想着把我掰弯了。”

许琪气呼呼地看着我，然后突然扑了过来，我说：“你……你……你干吗？”

她抓起我的手臂就咬了一口，痛得我差点昏过去，我刚想问她发什么神经，她却扭头走掉了。

到了餐厅后那姑娘已经等着了，笑眯眯地说：“我点菜了，你看看有什么想吃的再加。”

我拿起菜单看了一眼，随便点了几份东西，对那姑娘说：“你到了多久？”

姑娘说："没多久，我也是刚到。"

我说："明天休息吗？"

这姑娘脸色微红地说："嗯，今天我家里没人，玩得晚点也没关系。"

我的心剧烈地跳了跳，想着怎么接话会比较好，突然这时候我的肩膀被拍了拍，我闻到一股香味，许琪坐在我的旁边挽着我的胳膊说："你好坏哦，我都不知道这餐厅在哪里，找了好久。"

许琪换上了白裙子，头发也绾了起来，看起来像个少妇。我的头皮一阵发麻，坐我对面的小妹脸色很不好看。

许琪笑吟吟地说："这是你朋友吗？怎么不介绍一下呢？"

我想把胳膊从她手里抽出来，却被她牢牢地抓住，对面的姑娘直直地看着我，强颜欢笑地问："这是你女朋友吗，你不是说没女朋友吗？"

我说："我确实没女……"

许琪打断我的话："我不是他女朋友，我只是他炮友而已。"

我感觉天旋地转，站起来想解释，结果力度过大袖子被许琪扯烂了，露出手臂上的一圈齿痕。那小妹脸彻底青了，用鄙夷的眼神看着我，许琪却摸着我的手臂坏笑着说："你别介意，他有点重口味，喜欢别人咬他。"

小妹拿起包甩手就走，临走时还用仇视的眼神盯了我三秒。

小妹走后，许琪坐到我对面吃起菜来，可恶的是她居然还吃得津津有味，我问："好玩吗？"

她边吃边笑："好玩，哈哈，那姑娘肯定觉得你是变态。"

我把杯子往地上一摔起身准备走，许琪却拉住我的手大喝："走你妹啊，我没带钱，你走了谁付账啊？"

我扔了几百块钱在桌子上，甩开她往外走，出门时我看到她的眼睛红红的。

此后我都没和许琪联系，过了几天我回宿舍看到床边有个袋子，里面是一件衬衣，和那件被许琪扯坏的是同一款。我的房间也被打扫得干干净净，桌子上还有一堆水果，我笑了，给她打电话："你别以为这样我就能原谅你，没用。"

许琪在那边声音有点不大对劲，她说："我不是故意的。"

我问："你怎么了？"

她声音沙哑地说："没事儿。"

我有点急了，问："你到底怎么了，出事了吗？"

她哇一声哭出来，说："我被办公室的浑蛋欺负了，他还赖在我家不走。"

我说："我马上过去。"

挂上电话后我跑下楼，拦了辆出租车往许琪家里赶，途中我不停地催师傅快点，师傅说：“小伙子，再急也得遵守交通规则啊。”

我说：“我老婆被无赖欺负了，我要过去救她。”

师傅猛地一拍方向盘，大骂：“妈的，这世界还有王法吗？小伙子，坐好咯。”

说完猛地踩油门，我猛地朝后倒去，我觉得这师傅肯定是飙车族转行的，闯红灯都不带眨眼的。我从来都不知道桑塔纳也可以这么快，考虑到不能出师未捷身先死，就结结巴巴地对师傅说：“师傅，也……也不用这么急。”

师傅不理会我，五分钟就把我送到了，下车时还嘱咐我：“小伙子，注意安全，实在不行就报警。”

我向他道了谢就往楼上跑，到了后猛敲许琪家的门，一分钟后许琪开门了，她说：“你怎么这么快？”

我撸撸袖子问：“那王八蛋呢？”

许琪眨眨眼，嘴角上扬地看着我：“什么王八蛋？”

冷风从楼道吹过，我觉得背心一阵发凉，知道自己又被耍了，我瞪了瞪许琪，说：“好玩吗？”

许琪点点头，说：“特好玩，原来你这么在乎我。”

我咬牙切齿地说：“我在乎你大爷！”

我在心里发誓，再上她的当我就不姓刘，然后扭头就走，后背却传来一阵温暖，我隔着衣服感受到她脸上的温度。

“走你妹啊，你是不是个木头脑袋啊？”

她的手抱着我的腰，我闻到她的发香，突然觉得，污一点的女孩子其实也蛮可爱的。

说说而已

叶枫是我的同事，是个表里如一的渣男，开着三万多块钱的破车，住着不足八十平方米的房子，成天玩弄女性的感情。

不得不承认的是，他把妹确实有一套。

先是套近乎，有事没事给人家发微信，接着投其所好，疯狂地送人家礼物，最后选择一个月黑风高的晚上告白，趁姑娘感动得头脑不清的时候把她骗上床。不到一个月，就绝情地说分手。

我经常听到他打电话时异常冷酷地对对方说：“大家都不是小孩子了，那些话你也信？我说说而已的。”

然后往往能听到电话那边刺耳的哭泣声。

我觉得他在玩火自焚，因为我已经跟着他倒霉几次了。有一次我们吃完饭走回公司的时候，突然冒出两个东北大汉，其中一个毛发旺盛得像原始人，他指着我俩问：“你们俩谁叫叶枫？”

叶枫看到情况不对，就指着我说：“他叫叶枫，怎么了？”

我目瞪口呆，还没来得及反应就被“原始人”一拳挥倒，把我拖进车里，关进了一个可怕的小黑屋。过了三个小时，一个满眼冒着怒火的少女进来了，才发现抓错了人，给我说了句不好意思就把我放了。

第二次是上班上得好好的，一个穿着制服的小妹怒气冲冲地拿着袋很臭的东西就杀进来了，对着叶枫含泪咆哮：“我什么都给你了，你为什么要这样对我？”

叶枫完全没意识到事情的危险性，笑着说：“大家都是成年人了，不要那么幼稚，我说说而……”

小妹飞快地把那袋散发着恶臭的东西砸了过来，叶枫闪到我背后，我眼前一黑，直接被砸得摔到桌子下，下一秒，我就被熏得昏过去了。

那一晚我洗了很多遍澡，却总觉得自己身上有股怪味。

叶枫觉得很对不起我，说请我吃海鲜补偿我，我等了好久终于等到发工资，那天我饥肠辘辘，早饭午饭都没有吃，想把肚子空出来吃大餐，结果下班的时候，叶枫看我太饿了，递给我一桶方便面。

我奄奄一息地问："我们什么时候去吃海鲜？"

叶枫奸诈一笑说："现在不就是请你吃海鲜了？你看，里面的调料都是海鲜味的，还有这么多小虾呢。"

我怒不可遏，拿起旁边的剪刀就抵住他的人中，说："我他妈一天没吃饭了，你想拿方便面糊弄我？我跟你拼了。"

叶枫估计感受到我的愤怒了，连忙露出笑脸说："兄弟，你别急，手不要抖啊，我马上带你去。"

刚走出公司大门，一个漂亮姑娘迎面走来，挡在了我们面前。我觉得四肢无力，人快要饿昏了，就对那姑娘说："小姐，今天我不适合被搭讪，要不你把微信留给我，我们日后再说。"

姑娘把我当空气，对着我旁边的叶枫说："你什么意思？"

叶枫摊开手说："我没什么意思。"

姑娘说："你到底什么意思？"

叶枫叼上一根烟说："你这样就没意思了。"

我凑上去说："大姐，要玩绕口令你们改天再玩吧，我快饿死……"

那姑娘把我一推，我脚一软摔在旁边半晌没爬起来，姑娘含着眼泪说："当初我说了，如果你只是玩玩而已，就不要来找我，你说会一辈子对我好的。"

叶枫吐出一个烟圈说："拜托，有些话就是说说而已，你干吗那么较真啊？"

我好不容易爬了起来，站在那姑娘的面前用央求的口吻说："大姐，一时半会儿咱们也说不清楚，要不我们先找个地方边吃边说，你觉得……"

姑娘又把我一推，我再一次趴在地上。我挣扎了一下，再也爬不起来了。

姑娘泪水决堤了，给了叶枫一巴掌，说："我怀孕了，浑蛋！"然后扭头就走。

叶枫就像被雷劈了一样愣在原地，半晌都没反应。

天可怜见，我终于吃到了海鲜，第一次觉得食物这么可爱。叶枫一句话都没说，大杯大杯地喝酒，不一会儿就脸红脖子粗了。

我吃得差不多的时候，叶枫估计也醉了，他满嘴酒气地问我："在你们眼里我是不是个人渣？"

我犹豫了下，觉得如实说的话这小子说不定得逃单，只能敷衍着说："还行吧，就是太多情了。"

叶枫笑了两声，说："我以前不是这样的。"

我喝了杯啤酒问："你以前是哪样的？"

叶枫低着头，昏暗的灯光下看不清他的表情，他说："我以前喜欢上一个姑娘，我努力攒钱拼命加班，就是为了早点和她结婚，结果呢，我们连婚纱照都拍了，筹备婚礼的那几天她居然背着我和别的男人上床，之前还骗我说是他妈的什么蓝颜，我×！”

叶枫又喝了一杯，被呛得咳了几声，接着说：“此后，我就不相信爱情了，甜言蜜语、海誓山盟，都不过是说说而已，谁先当真谁傻×。”

他的手机响个不停，他把手机关机，摔在一旁。

一个胖子从我旁边走过，不小心踩了我一脚，我痛得站起来，那胖子连连道歉然后走远。我愤怒了，一巴掌就甩在叶枫脸上，他的左脸高高肿起。他瞪大眼睛，喘着粗气吼：“你他妈发什么神经？”

我说：“谁要那胖子踩我的。”

叶枫脖子上青筋暴出，说：“你丫有病啊，那胖子踩你跟我有什么关系？”

我坐下来，直直地看着他说：“那以前的姑娘伤害了你，和现在的那些姑娘有什么关系？你被人伤害了，难道就有理由去伤害其他人吗？”

叶枫哑口无言，垂头丧气地靠在椅子上，晚风袭来，我从他的脸上看到悔意。

他给我倒了一杯酒，说：“早知道就不带你来吃饭了，他妈的手劲那么大。”

我们干杯，相视而笑。

吃完饭后叶枫把那姑娘叫了出来，站在树下不停地说话，过了十几分钟，姑娘就扑到叶枫的怀里哭个不停，叶枫也紧紧地抱着那姑娘，就像溺水的人抱紧最后一块木头一样。

虽然不知道他们说了什么，但这小子这次应该不是说说而已了，我摸着滚圆的肚子笑了笑，晚风一阵阵吹过，我觉得明天应该是美好的一天。

时光未暖

大学的时候，雷子和他爸轰轰烈烈地打了一架。那时候雷子血气方刚，成绩不好，但是有一帮好兄弟，喜欢上了一个艺术院的姑娘。那姑娘五官端正，身材苗条，美中不足的是左脸有一颗大痣，有点像周星驰电影里的石榴姐，大家给她取了个外号叫石榴妹。石榴妹才艺双绝，不仅会弹钢琴，还会画素描，深受文艺男的追捧。雷子对石榴妹展开了疯狂的攻势，最开始是写情书，石榴妹嫌弃地把情书还给他："你写的错别字太多了，我根本看不懂你想说什么。"

雷子说："你别看我长得很粗犷，其实我很细腻的。"

石榴妹瞪大眼："你哪里细腻了？"

雷子说："我会弹吉他，弹得虽然没有黄家驹好，但比郑源好多了。"

雷子是下过功夫的，知道那段时间郑源很火，学校每天中午的时候都放《不要在寂寞的时候说爱我》和《别说我的眼泪你无所谓》等滥俗情歌，惹得那群长满青春痘的发情少女边吃边哭，一旁拖地的大妈看不过去了就劝："丫头啊，饭菜太难吃就不要吃了，哭坏了身子划不来。"

石榴妹兴致来了，拉了拉他的袖子说："是吗？那你什么时候有空弹琴给我听吧。"

雷子坏笑着说："好好好，我就喜欢谈情。"

那一天回去雷子就从家里偷了一千块钱去琴行买了把吉他，对着镜子摆姿势臭美个不停，觉得自己是个摇滚明星。雷子的老爸是菜场卖鱼的，那些是他进货的钱，看到雷子乱消费后大发雷霆："你个败家子，偷家里的钱天天搞些乱七八糟的。"

雷子边调音边说："别说这么难听嘛，家里的钱能叫偷吗，要叫窃。"

他爸胡子都气歪了，给了雷子脑袋一下："你奶奶的，老子也学过《孔乙己》，读书人才叫窃，你这破成绩也算读书人吗？老子今天生意都做不了了。"

雷子痛苦地揉揉后脑勺：“我奶奶是你妈。”

他爸一拍桌子站起来拿皮带，雷子提起吉他夺门而出。

雷子把吉他带到了学校，每天晚上在寝室鬼哭狼嚎似的，弄得我们完全无法入睡，发现不只美妙的音乐会绕梁三日，雷子的吉他声也能绕他妈三个月呢，我顶着黑眼圈劝雷子：“兄弟啊，你可怜可怜我们吧，今天就别练了。”

雷子给我一根烟：“你们有什么可怜的，天天听我的免费演唱会。”

我把烟往地上一砸：“妈的，你欺人太甚了，我们和你拼了。”

寝室哥们儿齐心协力，把他轰了出去，雷子沮丧地背上吉他去了球场，刚准备练习的时候发现一对小情侣在亲热。那对情侣太投入了，没发现雷子的存在，等到那女的一扭头，看到五米远处的雷子，吓得发出一声地震般的尖叫。

那男的就冲过来，对着雷子咆哮：“你他妈找死呢？”

雷子结结巴巴地说：“我……我……我怎么了？”

女的捂着脸跑开了，那男的就扑上来和雷子搏斗，雷子一直防守没还手，心想只当出门票了，结果那男的一脚就踹到琴箱上了，吉他发出一道瘆人的声音。雷子发怒了，把那男的按在地上一顿猛揍，打得人家满脸是血。

第二天系里处分了雷子，还通知了雷子的老爹过来。他爸一身鱼腥味赶到学校，握着系主任的手求情，系主任嫌弃地抽开手在衣服上擦擦，说："这事件太恶劣了，必须严厉处分，记到档案里。"

他爸慌了，拍着雷子的脑袋说："还不快认错，待会儿给人家道歉去。"

雷子站得笔直："我没错，是他先冲过来打我的。"

他爸脸涨得通红，一个响亮的耳光甩在雷子脸上："兔崽子，快点认错。"

雷子脸上出现五个显眼的指印，他眼睛血红地吼："我没错！"

系主任皱皱眉头，咳了两声，他爸又是一巴掌挥过去。那时候我们都在窗户外看着呢，包括班上的女同学。雷子咬着牙把他爸一推，他爸摔在一旁的椅子边，我连忙冲进去把雷子按住，我说："雷子，你他妈疯了？这是你爸。"

雷子含着泪说："我没有这种爸。"

他爸脸色苍白，在地上微微颤抖。我把雷子扯出办公室，雷子的嘴唇都咬破了，我把他拉到一个没人的角落，雷子蹲在地上捂着脑袋哭起来。

男人为什么流血不流泪？也许是男人流泪比流血更痛苦吧。

从那天起雷子就没回过家，因为没钱，天天在寝室吃窝窝头。有时候寝室哥们儿给他买一桶泡面他都感动得握住人家的手："兄弟，谢谢你，我三天没见荤了。"

雷子的爸爸找到了我，给了我一千块钱，让我转交给雷子。我进寝室对他说："雷子，你爸今天来找我了，说……"

雷子说："我没爸，我他妈是孤儿。"

我叹了口气，把一千块钱甩给他，说："这是你孤儿院院长给你的，他要你吃点好的，别把自己的身体饿坏了。"

雷子愣住，低下头看不清表情。

学校举办了校园歌手大赛，雷子去报了名，天天待在吉他社。因为他的吉他彻底报废了，整天都借别人的吉他来练习。在此期间石榴妹被雷子成功拿下，没事的时候就两眼红心地看着专心弹琴的雷子。

有的时候两人也会谈谈心，石榴妹说："我爸是搞音乐的，所以我从小就被逼着学各种乐器，你看我的胳膊，就是练架子鼓练粗的。"

雷子说："我羡慕你，我爸是卖鱼的，身上从来都是一股鱼腥味，从来都没给我买过什么好东西。小时候我想要一个玩具，跟我爸求了一周，却被我爸扇了一巴掌，还数落我不上进。"

石榴妹说："你会不会误会你爸了？我看你爸挺关心你的。"

雷子浑身一颤说："你见过他了？"

石榴妹点点头："上次我们吃完饭后你去吉他社了，我往回走时你爸就叫住了我，问我你最近学习怎么样，生活怎么样，还递给我一些吃的。"

雷子说："那些吃的不是你买的吗？"

石榴妹用手指卷着自己的头发说："不是啊，都是你爸买的，他让我别告诉你，说你这个人自尊心强，要我好好看着你。"

那一天雷子去了他爸卖鱼的菜场，看到他爸正蹲着在吃晚饭，一碗白饭就着几片白菜吃得津津有味，吃到一半有个人来买鱼，他爸把碗一放就过去称鱼杀鱼，几分钟后又蹲在地上拿起碗接着吃。雷子觉得嗓子哑哑的，慢慢走过去说："爸，我回来了。"

他爸呆呆地看了他几秒，又恢复了平静，点点头说："吃饭了没有？没吃就去门口餐馆吃点。"

说完递给雷子五十块钱，雷子看着他爸污浊的手指，觉得自己有时候挺浑蛋的。

此后雷子学习慢慢认真了，有时候也会跟着我们去图书馆，恶补自己的高等数学。我给他讲了很多遍拉格朗日定理他还是不懂，我说："大哥，就算你是个文盲，讲这么多遍也该懂了吧，拉格朗日定理也不算难啊。”

雷子挠挠头：“拉格朗是谁啊，怎么连定理都能……”

此语一出，周围的同学纷纷吐血。

期末考试成绩下来了，雷子史无前例地一科未挂，拿着成绩单喜滋滋地回家给他爸看，他爸也很高兴，做了一大桌子菜和雷子喝酒。

喝了几杯后他爸有点醉了，眯着眼睛说：“小时候你找我要玩具，其实我早就给你买了，准备给你的那天，你考试考了个鸭蛋，我气疯了，想着再送你玩具你估计要考负分了，晚上趁你睡着就把玩具扔了，心疼死我了，值好几条鲢鱼呢。”

雷子的心剧烈地跳动着，给他爸倒了一杯酒，说：“爸，上次……是我不对。”

他爸端起杯子和雷子碰了下，笑笑说：“我也有不对，你现在已经长大了，我应该站在你的角度想想，为你留点面子。”

雷子眼眶红红的，仰起头喝下一大口酒。

父爱都是不形于色的，从来不会矫情地表现出来，但只要你用心回忆，就能发现成长中每一刻都有温暖父爱的存在。

他爸摇摇晃晃地去了房间，翻腾了半天拿来一个大包递给雷子。雷子打开一看，是一把崭新的吉他，他爸拍拍雷子的脑袋说：“我也不知道什么琴好，就按贵的给你买了一把，你看看怎么样？你喜欢这东西，就好好玩，说不定哪天就能玩出个名堂来，听说你报名参加了个比赛，好好比，我觉得你肯定行。”

滴滴答，滴滴答，抑制不住的眼泪在桌上开出了绚烂的花。

北落师门

所谓青春
不过是跌跌撞撞

我的影子想杀死我

（上）

我爷爷在我很小的时候对我说：“孩子啊，以后无论你多穷，身上都得放点钱，哪怕只有一块钱。”

我说：“一块钱有什么用，和没有钱还不是一样？”

我爷爷说：“不一样，身上有钱的时候你还会觉得自己是个有钱人，还有重来的机会，不会对生活感到绝望，当你身上连一分钱都没有了，你就会自甘堕落，再也爬不起来了。”

我听了爷爷的话，保留着一个习惯，身上的口袋里永远都有一枚一块钱的硬币，无论多穷都不用那枚硬币，把它当作自己的救命钱。

从小到大我对钱这个东西没有太多的认知，读书的时候爸妈会给我生活费，太贵的东西买不起，但是也没有缺过钱，所以也没有攒钱的习惯。和朋友出去玩的时候，只要我的钱够，我就习惯性地出钱埋单，人缘也还不错。

到了大学，我会偶尔做下兼职，但都不是以赚钱为目的，而是想多尝试一下。有一次做了一个月的家教赚了六百块钱，当天晚上就和寝室哥们儿吃完了，那群家伙吃得还挺不好意思的，我倒是觉得无所谓。走入社会后父母不再接济我了，我得自己养活自己了。开始找工作的时候就想着找一份体面的，因为我这个人好胜心比较强，不希望找一份说出来都脸红的工作。

我认识的一个哥们儿，上学那会儿成绩还不错，就是挺猥琐的，每次有女生找他问问题的时候，他就表面上讲题实际上不停地俯视姑娘的胸部，偶尔还擦擦自己嘴边的哈喇子。毕业后这哥们儿找了个工作，据说月薪过万，可是我一点都不羡慕，因为他的工作就是遍地撒网地打电话问人家炒不炒股票，瞎猫遇到死耗子似的遇到一个后，就玩命地给人家推荐垃圾股，把人家的钱套在股票里赚佣金。每天进公司第一件事居然是洗脑，跳他妈什么发财舞，我觉得无比傻×，宁死也不愿赚这种钱。

那时候我投简历投的都是世界五百强的企业，我自认为有世界五百强员工的实力，但是人家从来都不正眼瞧我，因为学历那一关我就被刷下来了。我只得挑一些比较闲散的工作，如果一个月四千是单休和一个月两千五是双休的工作放在我面前，那我一定毫不犹豫地选择后者，因为我这个人没什么开销，除了买几包烟，偶尔吃吃饭，买几本书，没有花钱的地方，一件外套我可以穿几年，手机没坏我也从不想着换新的，两千五就够我花的，我干吗要累死累活地挣那四千块钱？

我妈看不下去了，就说我不思进取，我认真反思了一下，觉得是自己对钱的渴望不够。

或许就和打游戏一样，只有最想赢的那一方才能赢，生活中也许只有最渴望钱的人才能赚到钱。

我妈说："你现在不需要钱，那以后呢？你要结婚生孩子，到时候你没钱怎么生活？"

我觉得很有道理，趁着自己还年轻，收拾好东西去了外地，准备闯一闯。

年轻的时候我们都向往诗和远方，以为诗里的情节都会成真，远方到处是漂亮的姑娘。去了之后才发现，诗里的东西充满荒唐，远方的景色也尽是荒凉。

因为我没有省钱的习惯，所以短短两个月身上的钱就花得差不多了，工作还是找得乱七八糟。从单身宿舍搬到合租宿舍，又搬到贫民区，不足二十平方米的房子居然要住八个人。因为大家都没事做，所以成天待在宿舍赌博，玩的都是几块钱一把的扑克，整个屋子乌烟瘴气，饿了就吃点外卖，吃完了就丢在地上，也没人收拾，宿舍无比脏乱差，偶尔还会跑过几只老鼠。

到了最后，我身上的钱都花完了，连贫民区都住不起了。虽然一个月只要三百块钱，但我身上只有几块钱了，饿得受不了了就去买了几个馒头，蹲在街边一边吃一边想辙。因为我是个好胜心很强的人，我觉得在外地混成这样灰溜溜地回去无比丢人，会成为我人生中一个抹不去的污点，吃完后我站起来伸伸懒腰，拿出了贴在衣服口袋里的那枚一块钱硬币。

“身上有钱的时候你还会觉得自己是个有钱人，还有重来的机会，不会对生活感到绝望。”

我眼眶有点红，拿着最后一块钱去打印了份简历，去了一家公司面试，做着最后一搏。那经理觉得我可以，就把我留了下来，了解了我的情况后借给我几百块钱。我很感激他，给了即将溺死的我最后一根稻草。

此后我努力工作，也慢慢攒了一些钱，我有时候就在想，钱就是一个贱东西，你不去支配钱，那钱就会支配你，我宁愿扮演一个支配者的角色。

几年后我回到家乡，那个做股票的哥们儿还是做着那样的工作，只是效益越来越不好，毕竟时代变了，傻子也没那么多了，他一个月可以赚好几千，一打电话就浑身发抖，就他妈的跟犯了癫痫似的。我对他的看法还是没变，只不过已经拿着数倍于他的工资了。

我爷爷死的时候，我爸和叔叔给他换寿衣，在他寿衣口袋里摸到一块钱，我姑姑感慨："这老爷子真是的，人都死了还带着钱呢。"

我看着那一块钱，想起那天下午我蹲在街角啃着馒头，不停地摸着口袋里的硬币，想起那个有点迷信的嘱咐，眼前就模糊起来。

（下）

高三时的最后冲刺，同学们都摩拳擦掌准备最后冲一把，我奄奄一息地趴在最后一排望着天花板。

老师在黑板上写的符号有一半我都看不懂了，班上的班花也好久没花心思打扮了，烟盒里的最后一根烟也被别人借走了。

好无聊啊，这样的人生有意义吗？

我从后面溜出去，跑到厕所尿尿，听到隔壁有打火机的声音，我敲敲挡板："哥们儿，借根烟抽抽呗。"

一分钟后，他丢了一根烟过来，我一看还他妈是四十块一盒的好烟，据我所知，学校还没这么土豪的学生，抽完后一开门我呆住了，隔壁居然是我们学校的教导主任。

当时我神色慌乱，无比傻×地说了句："主任也亲自来尿尿啊。"

教导主任提了提皮带，面无表情地说："少抽点烟，多用心学习。"

我看着他远去的背影，千言万语不知从何说起，就一个人跑到了天台，只有孤零零的月光陪伴我。我低头一看，觉得无比惆怅，我的影子想杀死我，然后代替我好好生活。

我给我爸发了十几条短信，都是说我不想读书了，我爸没有回我，不知道是不是又喝大了。

第二天我爸来学校接我了，回家后买了一桌子菜，开了瓶好酒，陪我谈心。我已经做好了迎接狂风暴雨的准备，所以大口吃肉大杯喝酒，抱着死也要做个饱死鬼的心态。

谁知道他根本就没谈我的事儿，就好像把我当哥们儿一样聊着他们上个时代的事。我的爷爷白手起家，创办了当时镇上最大的木材厂，当时镇长遇到我爷爷都得主动上来打招呼，后来出了意外，一天晚上发生一场大火，所有产业付之一炬，还欠了一笔巨款，我爷爷没有倒下，用尽余生还清了所有债务。大伯身为长子不务正业，却有点生意头脑，成为第一批下海搞“四大件”的人，回来的时候又成了镇上最风光的人，可惜滥赌成性，到后来又是一贫如洗，连房子都输出去了，只得带着妻女住在公园。但是大伯没有倒下，又从卖报纸开始慢慢爬了起来，开了几家超市，再也不赌了。我爸刚结婚那会儿，为了一所房子，每天做完农活，晚上还去镇上加夜班，每天只睡四个小时，早上为了省点早餐钱走回家做面条吃，好不容易快攒够钱了，却被小偷偷走了大部分的现金。当时我妈哭了几个晚上，我爸没有倒下，从头开始，最后接了几个大活，终于有了自己的安身之处。我小叔用所有的钱开了个游戏厅，开业第一天就被黑道上的人威胁，说要收两万块保护费，小叔咬咬牙提着把刀去见了那个老大，把刀丢给他说：“我的命都不值两万，你要钱就把我砍了吧，你觉得哪里值点钱就砍下去卖了。”那老大被震住了，就吩咐手下别打小叔的主意了，小叔终于有机会挖到第一桶金。

我的头晕晕的，说：“这些事情我都知道，您想说什么直说吧。”

我爸喝了一大口酒说：“人生有无数挫折，遇到挫折就逃避的，不配称为男人，至少我们家没有这种男人。”

我的杯子一滑，酒泼在了桌子上。

在家反省的同时，我也重新开始学东西，好在落下的东西不算太多，加上高考那几天吃得很饱超常发挥，我勉强上了个大学。后来到社会上跌跌撞撞地找工作，无论什么时候我都没有放弃过自己，去外地只剩下三块钱的时候，我都拿出两块钱买吃的，最后一块钱留着打印简历，合租的房子室友换了几批，都是熬不下去回家的，我咬着牙死撑着。

一家公司让我去面试，那经理问了些问题后说："你回去等消息吧，我们过几天给你打电话。"

我笑着说："您把我留下吧，不瞒您说，我现在身无分文了，我只需要一个工作，有点钱有口饭吃就行。"

经理笑着说："小伙子别开玩笑了，我们晚点会联系你的。"

我把我的钱包拿出来，抖在桌子上，翻开身上所有的口袋。经理呆住了，因为我证明了我身上只剩下最后五毛钱。经理拍拍我的肩膀，然后去跟老板谈了谈，就把我留下了，还借给我几百块钱。

我很感激他，也卖力地工作。人什么时候最专心致志？抓住救命稻草的时候。

几年过去了，我去那边玩的时候又遇到了那经理，请他吃了顿饭喝了点酒，我问他当时怎么想着留下我，他说："在那么绝望的时候还能笑出来的，都不会是平凡的人。”

我说：“命运越是强加于我苦难，我越是要笑闹着接受，男人的韧性只有到了这时候才能体现。”

我们碰杯，他手一抖，杯子滑到了桌子上。我猛地想起高三时和我爸的夜谈，十年前的反省，到现在终于有了答案。

谁来同我干杯

我的堂哥是我见过的荷尔蒙最旺盛的纯爷们儿，没事的时候就爱举哑铃，导致后来我的大腿都拧不过他的胳膊。

那时候他才十八岁，自己开了个游戏厅，晚上的时候就用影碟机放三级片，声音还调得很高，周围的大妈大伯纷纷失眠。

如果有小混混过来闹事，堂哥就先拉电闸清场，然后给自己点上一根烟，慢慢走到混混面前说："我给你最后一次机会，快点滚。"

混混们就仗着人多哈哈大笑，然后我堂哥就一拳打开了天化身为龙，一个小时打破了六个人的头，那群混混落荒而逃。

晚上的时候堂哥就买了几斤牛肉，胡萝卜炖牛肉的香味把我吸引过来了，我急不可耐地拿起筷子就夹起一大块吞到肚子里，被辣得直冒汗。堂哥把一大杯啤酒推到我的面前，说："喝点。"

我还以为是饮料，一口喝干，整个人都晕晕的。

堂哥却丝毫没有理会我的感受，一个劲地和我干杯，导致后来我牛肉都没吃爽就醉了，被堂哥扛回我家，迷迷糊糊中听到我妈骂他："小孩子你也要他喝这么多。"

堂哥就一阵笑，走出门去上网。

和堂哥相识这么多年，听他说过最多的话就是："别和你嫂子说。"

堂哥也算是苦出身，初中没读完就辍学了，跟着别人学厨艺，学了一年什么都没学到，倒是长了二十斤肉，带他的师傅把他辞退的时候苦笑着说："你有当厨师的体质，没有当厨师的天赋。"

堂哥摸着球一样的肚子嬉皮笑脸："师傅，其实每天早上给客人的牛肉面我都吃了一筷子。"

师傅怒气冲冲："他妈的，怪不得最近客人投诉越来越多了，本来一碗面只有五块牛肉，你一筷子下去客人还吃个屁。"

堂哥把行李背到背后，说："还有啊，每次做夜宵的时候我都留了一盘烤肉，我晚上肚子容易饿。"

大师傅更加怒不可遏，抄起旁边的菜刀，指着堂哥说："原来是你这狗日的，我以为那采购每天都私吞菜钱呢，上次喝醉了我还和他打了一架，说，你还干了什么？”

堂哥知道那把菜刀无比锋利，削肉如泥，就连忙撒丫子跑了。其实他把大师傅十七岁的女儿也睡了，并且睡了很多次。

堂哥应该算是第一批网恋的人。那时候他和一个卖衣服的姑娘聊上了，那姑娘在一个大商场的专卖店工作，网名叫“人面桃花”，堂哥的网名叫“辣手摧花”，而这姑娘还和堂哥聊得热火朝天，这说明他们都是没什么文化的人。

在一个月末，堂哥去那个商场找到了那个姑娘，却没有和她相认，问：“这件西服怎么卖？”

那姑娘说：“一千二。”

堂哥说：“打折吗？”

姑娘说：“不打折。”

堂哥说：“这件衣服我买了，晚上我请你吃个饭吧？”

姑娘笑着说：“谢谢，我有男朋友了。”

回到家，堂哥换上西服，我说：“堂哥，你这件衣服小了点，感觉肩都快撑破了。”

堂哥拍拍我的脑袋说：“没事，明天我找你嫂子换去。”

第二天堂哥又去找那姑娘，抛开那些脑残肥皂剧似的网友见面桥段不谈，姑娘反正被感动得一塌糊涂，当天晚上两人就把该办的事都办了，我这才知道他们不是没文化的人，只是都是不老实的人而已。

一个月后那姑娘怒气冲冲地来找堂哥，见面就是一阵打，虽然拳头落在堂哥身上就像给他捶背似的。堂哥有点错愕，问：“我咋啦？”

那姑娘说：“我这个月没来。”

堂哥点上一根烟说：“你现在不是来了吗？”

那姑娘大声说：“我这个月那个没来。”

当时我在一旁听得晕晕乎乎，心想什么这个那个的，只见堂哥手一抖，烟灰全部掉在裤子上。

三天后，堂哥背着大包小包，准备逃到另外一个地方去，临走的时候把房间钥匙给我，说：“我还有几瓶啤酒在柜子里，你留着喝，别被你妈看见。对了，柜子里的光盘你不能看，小孩子看了会做噩梦。”说完上了去异地的火车。

堂哥走后，那姑娘每周都过来，帮我堂哥收拾屋子，我打开堂哥留下来的啤酒要喝时，她一把抢过，瞪着我说：“小孩子不能喝酒。”

我气呼呼地说：“难怪我哥不喜欢你，你太凶了。”

那姑娘脸色苍白地坐在床上，眼泪就像下雨一样砸在地板上。

那姑娘的肚子越来越大了，她给堂哥打了一个电话，大意是说如果他再不回来她就把孩子打掉，以后就随便找个人嫁了。

为了表达她的决心，她甚至把网名改成了“残花败柳”。

在她去医院的时候堂哥风尘仆仆地回来了，放下行李就在医院门口拦住了她，堂哥抱着她说：“别哭了，老子娶你。”

凭着一股聪明劲，堂哥居然在二十来岁的时候赚了几百万。年轻的时候突然有了钱，堂哥整个人都带有一股戾气，看谁都跟孙子似的。我读大一的时候，正月初一大家都回了老家，吃完晚饭后聚在一起打牌，堂哥觉得我们打的几块钱的麻将没意思，就在旁边玩手机，偶尔指点我们几句。

后来我打了一张牌，堂哥说：“你真是傻啊，怎么能打这张牌？本来都是听和的牌这样打就烂了。”

我说：“我又不会打，就烂打的。”

堂哥在一旁冷笑着说：“还高才生呢，就这智商。”

我心里燃起一团火，点上一根烟说：“我在学校又他妈不是学的打麻将。”

堂哥继续玩他的手机，过了一会儿，我又打错了一张牌，堂哥就哈哈大笑，说：“你这智商是怎么考上大学的，抄别人的吧？”

我一脚把桌子踹翻，说：“老子不打啦。”

然后站起来准备回房睡觉，堂哥把桌子一拍，房间里好像响起了一声惊雷，还有几个小孩子全部吓得哭起来，堂哥站起来瞪大眼睛说：“你还敢当着老子的面掀桌子？”

我说：“我就掀了！”

堂哥冲过来想揍我，被亲戚拉住了，我也抓起旁边的烟灰缸砸过去，也没有砸中他，两个人都气喘如牛，眼睛血红。

我吼了句：“你他妈有点钱了不起啦？在亲戚面前装什么装？”

堂哥咬着牙说：“你再说一遍试试！”

这时候大伯回来了，数落了堂哥几句，把他拉走了。此后一年我没和堂哥交流过，连他的电话号码都删了。

第二年过年的时候，堂哥一大早就开车在我楼下等我，我懒得搭理他，他却把我拉进车里，笑着说：“咱们亲兄弟打架还记仇啊，你一回来我就想着给你打电话呢，怎么老是打不通？”

我说：“我电话坏了。”

其实是我把他拉黑了，他却递给我一根烟说：“下午老子买个给你。”

那天下午他真的带我去买手机，买了个当时挺贵的诺基亚手机，换卡的时候堂哥玩了下我的旧手机，摸着脑袋说：“你这手机挺好的，没坏啊。”

我奸笑着说："我也不知道什么问题，每个人给我打电话我都能接到，就你的我接不到。"

堂哥翻出我的通讯录，看到黑名单后才知道怎么回事，气得差点又和我打起来。

出手机店的时候堂哥对我说："以后别把老子拉黑了，还有，这事别和你嫂子说。"

我笑笑，然后搭他的肩膀往前走。

此后我在学校开销比较大，每个月的钱都不够花，就经常给堂哥打电话借钱，堂哥每次都问："多少？"

我说了数字后，堂哥都会立马把钱打给我，总会比我要的多一点，如果我借一千堂哥往往会打两千给我，打完钱后就会给我发个短信："钱打了，这事别和你嫂子说。"

其实我嫂子挺好的，人长得苗条漂亮，性格也不错，对我们这些小叔子从来没给过脸色，不知道为什么堂哥那么怕她。

有一次堂哥和别人在酒店玩诈金花，玩的是一百元起底的，当时桌子上堆着满满的钞票，我看得都有点心慌，堂哥两个小时就输了两万多，当时物价还没现在这么高，两万多相当于很多人一年的工资。堂哥满头大汗，甩给我一张卡说："给我取五万块钱来。"

我说："算了，堂哥。"

堂哥吼了我一句："要你去就快去！"

我没办法，只得去银行取了五万块钱出来，十九岁的我第一次接触那么多现金，哆哆嗦嗦地把装钱的袋子抱在怀里，从银行到酒店跑了一路。

到了晚上，五万块钱又输完了，堂哥还准备取钱，我说："别赌了，堂哥。"

他说："你他妈再去取，别废话。"

他额头上布满青筋，整个人都显得无比狰狞。我拿起他的卡，跑到银行，在取款机前面站了一分钟，我觉得自己的手在发抖，就给大伯打了个电话。十分钟后大伯赶到了，大伯把卡拿了过去，和我一起去堂哥那儿，见面就是两巴掌，不由分说地把他拉回去了。

那天回到他家，嫂子泪流满面，哭着要求离婚，堂哥蒙了，说："就这么点小钱，不至于。"

嫂子声嘶力竭地说："小钱？今年你都输了三四十万了，今天必须离婚。"

大家连忙劝解，堂哥咬牙说："我以后不赌啦，老子以后再也不赌啦。"

说完去厨房拿起菜刀要剁自己的手指，被我拦了下来，中途还把我误伤了，胳膊上留了道很长的疤。

此后国家政策有变，堂哥经营的几家游戏机店纷纷被查封，亏得血本无归。堂哥偏不信邪，先是卖了车，然后又卖了一套房。在全国各地奔波，想做个生意东山再起，却不停地亏钱。

只用了三年，堂哥就从百万富翁变得一贫如洗。

嫂子却没有离开他，一直过少奶奶生活的她去了一家超市当售货员，每天早出晚归，整个人憔悴了不少。

堂哥想找个地方上班，人家却嫌他没文化。我在网上给他找了份开车的工作，一个月四千块，堂哥十分感激我，带我去吃火锅。

喝了几瓶酒后，堂哥指着面前的火锅笑着说："三年前，这种菜老子看都不会看，现在居然半年才吃一次，人这一辈子还真他妈有意思。"

我大口喝了一杯酒，呛得咳嗽几声，我说："堂哥，由俭入奢易，由奢入俭难。慢慢来吧，每个人都得适应生活。"

堂哥愣了愣，说："你还真他妈有文化，大学还真不是白读的，来，干杯。"

我们用力碰了下杯子，酒洒在我的手上，好像火一样灼烧着我胳膊上的疤痕。

上个月，堂哥找到了我，整个人瘦了一圈，他支支吾吾地说有点事，我把他带到饭店去吃饭。吃饭的时候堂哥问我："你手上还有没有余钱？”

我把一个袋子给他，里面有五万块钱，二十六岁的我已经可以淡定地带着五万块钱来去自如了，我说：“不知道够不够，你拿去用吧。”

堂哥连忙说：“不用这么多，不用这么多，我就差几千块。”

我不由分说地递给他，说：“我读大学那会儿你给我的都不止这点钱，你先拿去用。”

堂哥拿起筷子狼吞虎咽地吃了几片肉，说：“你侄子还在医院呢，小感冒弄成肺炎了，我现在得立马过去，过几天再出来请你吃饭。”

我站起来说：“你怎么不早点跟我说呢？”

堂哥挥挥手，把五万块钱抱在怀里哆哆嗦嗦地出门，就像十九岁的我一样。

望着堂哥的背影，我的眼睛涩涩的。

两周后，我抱着侄子在街边吃烧烤，我说：“小雨，喝点。”

侄子捧起酒杯就倒在嘴里，被呛得咳嗽，堂哥说：“小孩子你还让他喝酒。”

我抬起头，颇有深意地看了他一眼。

这时候，一个胖子过来拍拍他的肩膀，说：“哟，这不是军哥吗？”

堂哥打量了他半晌，认出这胖子就是当年闹事的混混之一，被堂哥打得最惨，堂哥笑着说：“你也在这儿吃饭呢。”

胖子说：“是啊，和兄弟们聚聚，他们都问我脑袋上这疤是怎么回事，我说是被军哥打的，他们还问我是哪个傻×军哥呢。”

旁边的那群混混都大笑，堂哥嘴角抖了抖，笑着说：“年轻的时候闹着玩嘛，我给你赔个不是吧，哈哈。”

说完倒了一杯酒要敬那胖子，那胖子抄起旁边的酒瓶就砸在堂哥头上，只听到嘭的一声，血就顺着堂哥的脑袋流到脖子里，我站起来抄起旁边的椅子就要砸，堂哥把我的手按住，说：“算了算了。”

侄子摔在一旁号啕大哭，那群混混笑着走远，摊上一片沉寂，只听到一个人在玩斗地主，声音非常清澈。

“对三。”

“要不起！”

今晚星空那么美

我和朋友昨晚去喝酒，我的朋友腰缠万贯，开着豪车，日进斗金，身边美女不断，却在喝醉了之后蹲在路边的小树下哭得像个傻×，他哭着说他想他妈，我想把他拉走，他却死死地抱着那棵树不放手，不停地喃喃自语：

小时候我缠着我妈买玩具，一把玩具手枪要三块钱，我妈没有那么多钱，就哄着我说下次再来买。我不听，拿着那把枪大哭大闹不肯走，我妈没办法，只能掏钱把玩具买了。我拿着玩具在前面欢天喜地地走着，从来没想过那是我家买菜种子的钱。回去后我爸问我妈怎么没把种子买回来，我妈就说钱不小心掉了，我爸就把我妈按在地上打了一顿。

第二天，我看到我妈额头青肿，问我妈是怎么回事，我妈抱着我笑着说：“没事儿，妈妈不小心撞到门了。”

我爸是个浑蛋，一喝醉就喜欢打人。每次一看到我爸喝醉酒，我妈就连忙把我抱到房里锁上门，然后就听到我爸不停地踹着门，砰砰砰砰，成了我小时候挥之不去的噩梦。我发誓一定要出人头地，带我妈离开这个家。

我妈没文化，长得也不好看，却是我心目中最好的妈妈。那时候别人都有电视看，我们家买不起，我妈就陪我在外面看星星，给我讲一些小故事。我妈喜欢逗我开心，夏天的时候，她就拿着竹扇给我驱赶蚊子，我问：“为什么人家都有电视看我们没有？”

我妈说：“电视机没什么稀奇的，我们没有电视，但整片星空都是我们的啊。”

我抬头一看，漫天星辰都在向我们眨眼睛。

初中的时候去镇上读书，因为坐不起车，我妈就陪我走到镇上，从早上五点钟一直要走到七点半，冬天的时候又黑又冷，妈妈就紧紧地牵着我，我问：“妈妈，你怕不怕？”

妈妈帮我把帽子戴好，笑着说：“不怕，妈妈在陪你冒险。”

初二的时候，我爸在外面欠了一屁股债，外面的人追债追到家里，我爸跑得无影无踪，所有债主都把矛头指向我妈，男人们倒还有分寸，只是质问她我爸去哪儿了，几个女人怒气冲冲地扯着我妈的头发，不停地打着我妈的脸。我无比愤怒地拿着刀冲出去护着我妈，我浑身发抖地说："别难为我妈，你们要钱就去找我爸，跟我妈没关系。"

一个胖女人说："你家欠钱还有理了？"

说完又要扯我妈的衣服，我吼了一声，一刀劈过去，那胖女人一声惨叫，手臂被划出一道口子。她吓得脸色发白，估计没想到我这个小孩真的敢动手。几个男人夺下我的刀，然后搬走了家里为数不多的几件家具。

他们走后，房间空荡荡的，我们睡觉的床都被搬走了，我和我妈坐在地板上，我的眼泪就涌出来了。妈妈帮我擦眼泪，拍拍我的脸笑着说："儿子，别怕，还有妈妈呢。"

最绝望的时候，都是妈妈给我勇气。

暑假的时候，妈妈到处去捡垃圾，我就拿着竹竿去钓龙虾。那时候龙虾到处都是，一个下午就能钓十几斤，吃不完的就拿去卖钱。每次提着一篓子龙虾回家的时候我妈都特自豪，夸我真是太厉害了。那个夏天我和我妈都长胖了。有时候去小卖部买雪糕吃，我拿着雪糕让我妈吃一口，她说她不吃，我却又喂到她嘴里，她就轻轻咬一口，皱着眉头说不好吃，然后让我自己吃。我吃完了舔着雪糕棍的时候，我妈就冲着我笑。

读高中的时候家里付不起学费，我妈就去娘家找舅舅姨娘借钱。我不知道过程有多艰难，但是每次我妈都能帮我把学费凑齐，开学的时候我妈会帮我把书皮包得整整齐齐，她说：“儿子，别为学费发愁，缺钱了就跟妈说。”

我的成绩不错，一直都是年级前十名，奖状发了一大堆，家里墙壁根本贴不下，这是我妈最大的财富，只要家里来了客人，我妈就指给客人看，无比开心自豪。每次放假回家，我妈都在村口等我，回去了就给我做好吃的，家务活从来不让我沾手。有一次我把家里的地扫干净了，我妈说：“儿子，家里的活不用你干，有妈妈呢。”

我说：“反正我回来了也没事，就帮您分担下呗。”

她说：“没事就多休息多看书，你跟着妈妈没享什么福，不能再让你吃苦。”

其实吃苦也没什么，我觉得我妈太累了，地里的庄稼活就一大堆，还得出去打零工。高二的时候，我爸突然回来了，看到我和我妈过得还行，居然没饿死，就开口跟我妈要钱，我妈说没钱，钱是留着给我上大学的。我爸又一次把拳头打在我妈身上，不管怎么打，我妈都没有给他一分钱。

我回来后知道了这事，就当着全村人的面和我爸打了一架。我爸已经老了，我把他打倒在地，旁边的老人说："儿子打老爸，小心被雷劈啊。"

我丝毫不为所动，我对地上的那个浑蛋冷冷地说："以后你再敢动我妈一根手指头，我就要你的命，我说到做到。"

后来警察来调解，我爸和我妈终于离了婚，那时候我只感到解脱。我没有一个好父亲，但是我有一个最好的母亲，我要带我妈过好日子。我努力地准备高考，终于去了一所不错的大学，选了个好就业的专业。每个周五我妈都会走两个小时的路，就为了给我打一个五分钟的电话，我妈总是说她过得很好，要我不用担心。有一年冬天，因为雪太大，我妈走路摔跤了，但还是坚持着走到电话亭给我打电话。就是因为那次，后来我妈的腿就一直有问题，走起路有点跛，但是那次在电话里我一点都没有听出来，我妈开心地说家里有电视了，以后我回家就可以看电视了。

也许是我太过迟钝，居然没有从电话里听出一丝痛苦。

毕业后我参加工作，去了离家千里的广州，因为那里工资会高一点。我把每个月赚的钱都打给我妈，我也没心情谈恋爱。我妈身体已经很不好了，却从来不告诉我。我给她买了个电话，她每次打电话都嘱咐我好好照顾自己，快点找个女孩结婚。

我说："我现在不考虑结婚，我想在城里给您买房子。"

我妈呵斥我说："胡说，给我买什么房子，快点去谈恋爱结婚，我还想抱孙子呢。"

当时我不知道我妈为什么那么急切，几个月后才得知，我妈那时候已经查出了绝症，但是没让我知道。有一天晚上，我陪客户喝酒，我妈给我打电话，她的声音很低沉，她问我在干吗，我说："我在陪客户。"

我妈说："儿子，你要快点找个好女孩，让妈妈放心。"

我笑着说："您怎么突然变得这么急了？您以前不这样啊。"

我妈轻轻地说："我怕以后没人照顾你了，你以后要多注意身体，要学会自己照顾自己。"

我心里有种不好的预感，我问："您怎么了，是不是出什么事了？"

我妈在电话那边笑了两声，让我稍微安了心，她说："没事，你少喝点酒，早点回去睡觉。对了，你从小跟着妈妈吃了那么多苦，心里后悔吗？"

我说："不后悔，我只后悔没早点让您过上好日子。"

我妈笑着说："别让自己活得太累了，妈妈以你为荣。"

我怎么也没想到，这是我妈最后一次和我讲话。三天后，老家的电话打来，我接完电话就倒在地上，当着所有同事的面就崩溃了。我火速坐了飞机回去，我妈走的时候骨瘦如柴，头发没一根黑丝，我抽了自己几个大嘴巴子，痛恨自己的后知后觉。

我的妈妈虽然不漂亮，没有文化，也没什么能力，却总是在我最绝望的时候给我勇气，在生活的最低谷给我信心，让我能坚强热情地活在这世界上。她从来不要求我回报她什么，也从不会成为我的负担，离开这个世界之前留给我的最后一句话都是“妈妈以你为荣”。我现在有了钱，也有了房子有了车，有了自己的公司和人脉，如果老天让我做个选择，拿出我所有的东西让我妈再多活一天，我都会毫不犹豫地去换，我一定要抱着我妈笑着说一句：“妈妈，你是世界上最好的母亲，我才应该以你为荣。”

可惜，再也不可能了。

长街上已经没有人了，他估计也酒醒了，他把自己的眼泪擦干净，摇摇晃晃地站起来。

我说：“没事儿吧，要不要我送你回去？”

他笑笑说：“没事儿，跟你说了那么多，你是不是挺烦的？”

我摇摇头，他抬起头看看天空，然后神采飞扬地说：“你看，整片星空都是我的。”

满天星星在眨眼，那一瞬间，他淡定自若，我的眼眶却热了起来。

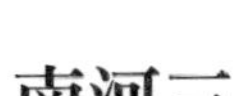

南河三

总是像野草般
随风摇荡

其疾如风

不知道是不是从小就被他爹追着打的原因，高琦跑得特别快。初中参加接力赛的时候，老师总是把他放在最后一棒，第三棒交给他的时候明明已经落下大半圈了，那家伙就像屁股着火似的张牙舞爪地冲出去，就如一道黑色的光，然后在一片尖叫声中以第一名的姿态冲过终点线。

我们正在欢呼，裁判突然拦住他说："你的接力棒呢？"

我们目瞪口呆，发现他的接力棒不知道去哪儿了，原来他在中途不小心把棒子甩掉了都不知道。于是这家伙又拍拍脑袋，冲回跑道捡回棒子再次跑起来，即使这样，也拿了第三名，当时校长感慨："这个男生是人才啊。"

但是除了跑得快，高琦没有其他任何优势，长得猥琐，学习不行，只有在运动会上他才会帅上那么几分钟。

有一次回家，高琦被两个高中生拦住，一个胖子说：“哥们儿，借点钱给我们用用呗。”

高琦说：“我没钱。”

胖子就给了他一下，骂骂咧咧地说：“别敬酒不吃吃罚酒。”

高琦一巴掌扇了回去，然后拔腿就跑，两个高中生追他追了三条街，追到后来，胖子气喘吁吁，累得坐在地上，高琦还在不远处挑衅：“来打我啊，你他妈来打我啊。”

胖子气得跳起来，追了几步脚步虚浮，被一辆摩托车撞飞了。

高琦一战成名，大家都知道他把两个小混混直接跑到医院去了。

高中的时候因为食堂饭菜太差，我们经常凑钱吃小灶，那时候还没有送外卖的，大家都把凑齐的钱给高琦，让他去两千米外的小饭馆点菜顺便带回来。高琦往往只要十几分钟就拎着几个袋子浑身大汗地回来了，我们一打开袋子，菜还冒着热气。当时我们感动不已，纷纷夸赞高琦是盖世英雄，古时候关羽温酒斩华雄，估计也就这速度。

谁知道期中考试那天中午，高琦出去了一个小时都没回来，大家饿得前胸贴后背，有个哥们儿说：“那家伙不会被车撞了吧？一般他不到二十分钟就回来啦。”

我打了一个激灵，觉得很有可能。

我们一起出校门，准备在马路上找高琦的尸体，谁知道他提着袋子手舞足蹈地就回来了。他的动作和神色让我们愣住了，一副发春的样子，眼神极其淫荡。

我说：“高琦，我们下午还得考试呢，你这是要我们全军覆没啊。”

高琦嘿嘿傻笑，完全没理会我们的诉苦。

那天下午考试的时候我和高琦一个考场，做试卷做得好好的，高琦突然一声大笑，监考老师正在玩手机，被吓得手一抖手机屏都摔破了。我也是受害者之一，我正在抄前排同学的选择题，被那小子一声怪笑吓得差点从椅子上栽下去。

老师一把揪住他的耳朵说：“有什么好笑的？”

高琦如梦初醒，连忙给老师道歉，一低头，发现试卷上还是一片空白，那时候距离收卷只有十分钟，高琦这才知道这次考试自己死定了。

从种种不正常的反应来看，高琦应该是谈恋爱了。在我们的软磨硬泡下，高琦羞羞答答地承认了，说他喜欢上了一个姑娘，就是我们经常买小炒的餐馆老板的女儿。

大家沸腾了，抓住他的手说：“兄弟，我们的未来都靠你了，你把老板女儿搞到手了之后，兄弟们以后吃饭就有着落了。”

放月假时我们路过那家小饭馆，看到一个扎马尾的姑娘，长得白白净净的，高琦面红耳赤地要走，我们却纷纷跳起来朝那姑娘挥手，大叫：“嫂子嫂子，以后要你家厨师给我们多放几块红烧肉啊，我们每次都吃不够。”

姑娘惊讶地看着我们，然后冲我们笑，一片单纯。

走回去的路上我们纷纷称赞：“是个好姑娘，我们这样调戏都不发火，可见脾气很好。”

高琦头抬得高高的，就像考了第一名似的，好像完全忘了期中考试数学考了个位数，被他爹拿着拖鞋满大街追着打的窘迫。

两个月后，我们正准备回家，看到一群人把高琦给堵在了校门不远处，我们连忙赶过去。一个黄毛给了高琦一脚，大声吼：“毛都没长齐就敢骚扰我妹妹，找死呢。”

我们冲了上去，和那群混混厮打起来，我捡起地上的一块板砖就盖在那黄毛头上，黄毛两眼一翻就倒在地上，混混们大叫一声四散跑开，只剩下黄毛在地上不停地抽搐。

高琦却把那黄毛背了起来，朝医院狂奔而去。

黄毛没多大事，缝了几针就好了，我们全都受了学校处分。因为那个时候距离高考只有半个月，学校也没深究，一人写了几千字的检讨就过去了。

事后我对高琦说："你怎么人家姑娘了，他哥对你那么仇视？"

高琦竖起中指说："我对天发誓，我就是对那姑娘说了句'我喜欢你'，她完全没反应，好像没听见我说什么似的。我以为是饭馆太吵了，于是提高嗓门又说了一句而已。"

我说："你他妈别用中指对着我，然后呢？"

高琦说："然后整个饭馆的人都听到了，那姑娘回头对我笑了笑，我还没来得及高兴，她哥就追出来了。"

我说："我不信，你肯定还凑上去亲人家了。"

高琦又竖起中指说："真没有，我用我的高考成绩对天发誓。"

这时候教导主任路过，以为高琦是对他竖中指，结果把他带回办公室臭骂一顿。

高考后，大家各奔东西，高琦没能考上本科，就干脆不读了，回家跟着他爸做小生意去了。等我们四年大学读完，高琦已经结婚了，新娘还真是那饭馆老板的女儿。婚礼的时候我被安排到和他大舅子也就是当年的黄毛坐一桌，场面无比尴尬，大舅子倒没有耿耿于怀，和我干了杯酒说："哥们儿，当初你手够黑的啊。"

我连忙赔笑说："误会误会，全是误会。"

大舅子一饮而尽，说："不过也是不打不相识，小高虽然学习不好，但是人老实善良。当时他把我背去医院，给我买吃的喝的，说是真的喜欢我妹妹。当时我觉得我妹妹真跟他在一起肯定也不会吃亏。”

婚礼结束后，高琦在酒店门口送我们，我对那姑娘说：“嫂子，谢谢你当年的红烧肉。”

姑娘微笑着看我，没有说话，高琦拉了拉我，说：“我老婆不能说话，也听不到你说什么。不过我替她回答你，不客气，只当你们用份子钱埋单了。”

我一阵错愕，那姑娘还是笑容满面地看着我们，一片单纯。

这时候一个大妈在旁边发出尖叫，大喊：“抢劫啦抢劫啦。”

我们看到一个戴帽子的男人拿着一个包往巷子边跑去，高琦一撸袖子就追了上去，我从没见过一个男人穿皮鞋还能跑那么快，我们连忙追过去，找了几条街终于在一条死胡同看到高琦把那跑得奄奄一息的抢包男人给制伏了，高琦说：“就你这小短腿还出来抢包，真是自寻死路。”

大家哈哈大笑，阳光照进幽静的小巷，高琦拍拍脑袋说：“哎哟，我还有好多客人没送呢。”

说完又撒开腿往回跑，就如一道白色的光，依然其疾如风。

末路狂花

好不容易从春运的灾难中活了下来，还没来得及喘口气，我妈就给我安排了一个任务，她一个远房表妹的儿子今年已经二十九了，连恋爱都没谈过，我妈给他安排了一个姑娘相亲。

我睡眼蒙眬地说：“相亲就相亲呗，关我什么事啊。”

我妈说：“那男孩子性格内向，你到时候跟过去帮衬一下。”

我说：“当电灯泡？我不去！”

我妈把窗户拉开，一阵寒风刮进屋里，她猛地掀开我的被子，那一瞬间我觉得自己灵魂出窍了，冻得牙齿打战，我妈喝道：“去不去？”

我带着哭腔说：“我去，我去！”

虽然第二个“我去”是感叹词，但我妈也没听出来，要我快点起床洗漱。吃完早饭后，我去车站接了那位远房表哥，那哥们儿还真如传说中一样木讷，我递给他一根烟，他冷冷地说：“吸烟有害健康，我爷爷就是烟抽多了，老的时候咳的都是黑血。”

我尴尬地缩回手：“表哥你真会开玩笑。”

他说：“我没开玩笑，听说抽烟的人平均寿命超不过六十岁。”

说完坐到后座，我点上火，从后视镜看到我的嘴角在抽搐。

到了饭馆，我随便点了一些菜和饮料，那哥们儿拍拍我的手说：“够了够了，三个人哪能吃这么多啊。”

我说：“没事儿，就算我给你接风了。”

他说：“别，我从来不占人家便宜，到时候我们三个人AA。”

我觉得脑袋涨涨的，勉强笑着说：“不至于不至于。”

过了半个小时，一个姑娘翩翩而至，戴着白色的绒毛帽子，长得挺白净的，看样子年纪也有二十五六了，姑娘不好意思地笑着说：“对不起啊，路上太堵了。”

我说：“没事没事，我理解，武汉这破交通……”

远房表哥打断了我的话：“知道堵车就早点出门啊，迟到是很不尊重人的行为你知道不？”

姑娘的脸一下子就黑了，我觉得头有点痛，想起出门时我妈的嘱咐："那孩子说话很直，到时候你要多打圆场，给人家留个好印象。"

我对那姑娘笑笑说："我表哥跟你开玩笑呢，你坐呗，我们点了几个菜，也不知道你喜不喜欢吃，要不你再加几个？"

姑娘斜着眼睛看了远房表哥一眼，把我旁边的凳子拉出来坐在了我身边，把外套脱了露出黑色毛衣，身材还真是凹凸有致。我看到远房表哥吞了口唾沫，眼睛直直的。

我连忙咳了咳，说："咱们都是年轻人，虽说是相亲，你们也不用太拘束，互相了解一下呗，怎么说也算多个朋友嘛。"

远房表哥的眼睛还是直直的，我用手指敲敲桌子，远房表哥如梦初醒，连忙喝了口水说："我今年二十九，在南京工作，一个月收入五千到六千，不抽烟不喝酒，也没有谈过恋爱，你要是觉得我合适呢，咱们就尽快结婚。我看你年纪也不小了，趁年轻身体还好，快点生个孩子。"

我被雷住了，杯子都摔在了地上，耳朵嗡嗡作响。我他妈要你做个自我介绍，你他妈来个《非诚勿扰》的三分钟告白是干吗？

姑娘的脸由白到红，又由红到黑，冷笑着说："大哥你没病吧，我连你名字都不知道，你跟我说生孩子？"

远房表哥说："我的名字叫林群，对了，我妈喜欢儿子，所以到时候如果怀了孩子，我们得去医院先检查清楚，如果是女孩的话就……”

我觉得再这样下去，修养再好的姑娘也得发飙，连忙跳起来喊：“服务员，我们的菜点了半天怎么还不上啊？我们都快饿死了。”

一个胖胖的阿姨说：“就来了就来了。”

我长吁一口气，低头看到那姑娘正在用手机发微信：“妈的，相亲遇到一个傻×。”

为了避免事情进一步恶化，我就和那姑娘聊了起来，这才发现她上班的地方离我家不远，远房表哥插不上嘴，坐在一旁不停地吃肉，吃完了就又直直地盯着姑娘的毛衣领口。

饭吃完后我招手：“服务员，埋单。”

一个小妹过来说：“您好，一共四百五十六，刷卡还是现金？”

我掏出钱包，正在点钱的时候远房表哥站了起来，甩了一百五十二块钱到桌子上，那两块钱还是硬币，在桌子上跳来跳去，邻桌的人都张大嘴看着我们。

我涨红了脸，磕磕巴巴地说：“表哥，你……你……”

他正气凛然地说：“AA呗，大家都不吃亏。”

我差点昏过去，姑娘呵呵一笑站起来，拿出钱包点了一百六十块钱甩在桌子上，拿起一支笔去了卫生间。

出门后北风还是肆意地刮着，三个人一句话都没说。我知道没戏，但还是硬着头皮说了句："要不你们去看电影吧，再互相多了解一下。"

姑娘把口香糖重重地吐在地上，说："不去，我回去睡觉。"

远房表哥说："年轻人要多注意生活规律，不要经常熬夜，听说经常熬夜的人平均寿命……"

我连忙把表哥拉住，因为我看到那姑娘眼睛里露出了杀意，我尴尬地笑笑："怎么说大家也算认识了，以后有时间一起出来玩吧。"

那姑娘不置可否地笑笑，和我们握了下手就走了。握手的时候我觉得她递了个东西给我，我没敢看，直接放到了裤子口袋里。

送远房表哥回车站的路上又堵车了，远房表哥正聚精会神地打着工作电话，我偷偷地把裤子口袋里的东西翻出来看，是一张字条："你表哥是个大傻×，我觉得你挺好的，有时间一起出来玩吧，我的微信是……"

我揉了揉额头，把字条甩出窗外，远房表哥打完电话，舔了舔嘴唇说："那姑娘屁股挺大的，是生儿子的样子。"

那一瞬间天空阴沉下来，乌云遮蔽了天空却没下雨，就像我想笑却笑不出来的脸。

最穷的地方也应该有光

第一次当老师的时候，我才二十一岁，被分配到一个极其偏僻的地方当小学老师，美其名曰实习，实际上和发配边疆差不多。那地方很穷，学校非常简陋，时常让我产生会死在那里的错觉。教室的玻璃大部分都是破的，一到下雨天就有雨水溅到学生的课桌上，到了冬天根本没法上课，手被冻得铁青，根本写不了板书。

在无比恶劣的教学环境中，我慢慢理解了生活和教育的意义，可是有很多问题却总是无法解答。

Season 1：老师，我们的人生有意义吗？

实习时我教的是六年级的英语和数学。说实话，我的英语虽然过了六级，但是口语和语法根本上不了台面，教英语课完全是赶鸭子上架。

上第一节课前我诚惶诚恐地备好课，结果课堂上教了他们几个单词，他们完全记不住。我就在想是不是我教的太难了，就让他们的学习委员上来默写。学习委员是个高高瘦瘦的女孩子，在黑板前站了半天一个字母都没写出来。

我鼓励她："没事儿，写错了老师也不怪你。"

她鼓足勇气，写下几个歪歪扭扭的东西。我有点生气，连字母都能写错，我以为他们是在跟我开玩笑，就拍拍讲台，说："单词记不住就算了，你们连字母都写不好吗？"

课堂上一片寂静，学习委员突然哭起来了，我一下子就慌了，心想这下完了，一不小心就没亲切感了。课后我才知道，他们从来没有学过英语。在我之前都是一个六十来岁的老教师代英语课，一直是要他们自习的，学生真的连字母表都没有背过。

学习委员此后就比较怕我。她的家离学校不远，父母都出去打工了，她还有一个弟弟和一个妹妹，家里只留下一个年逾古稀的奶奶照顾他们。她的成绩很好，是我见过的最刻苦的学生，每天都是第一个来学校，作业写得永远是工工整整的。

因为我是学校最年轻的老师，加上我是一个大学生，老师们对我都比较友好，每次见到我都主动打招呼，有时候会把我带到家里一起吃饭，偶尔遇到家长了还跟人吹嘘我学历高，是个文化人，让我无比汗颜。后来有时候在路上遇到村民，那些大叔大伯都对我很客气，纷纷上来给我敬烟、递吃的。后来县教育局有个家访任务，每个教师要做三次家访，我就去了学习委员的家里。

一进门，我就震惊了，他们家用的居然还是最老式的电灯泡，用家徒四壁来形容也不为过，唯一的家电是一台黑白电视机。学习委员正在洗衣服，看到我进门吓了一跳，给我搬了张凳子说：“老师，您坐。”

我说：“你家长呢？”

她就匆匆忙忙地到后面找奶奶，老人家对我非常客气，拉着我的手说了半天，都是些感谢的话，要我好好教她。快到饭点了我就跟老人家告辞，老奶奶却死活不让我走，还杀了一只老母鸡，老奶奶无比郑重地说：“老师，你要是走了我一个月心里都不安。”

我只得面红耳赤地留下来吃饭，中途发现她家水缸没水了，就拿着桶去提水，把她家的水缸给添满了。老人家还去小卖部买了两瓶啤酒，我连忙推托着说不会喝酒，老人家却不由分说地把瓶盖撬开，倒上一杯笑眯眯地说："喝点，喝点。"

菜一上来，学习委员的弟弟妹妹就拿起筷子哄抢般地夹鸡肉吃，老人家筷子打在他们的手上，小男孩疼得把手缩回去，老奶奶呵斥："让老师吃。"

那一筷子就像打在我心里一样，我吃完饭匆匆离去。

有一次学习委员把作业本收起来送到我的办公室，见我的办公桌上有几本书，她就拿起来看了几眼。我从教室回来刚好看到，她连忙神色惶恐地放下书，我问她："你喜欢看书吗？"

她点点头，我说："你想看哪几本？老师借给你。"

她见我没有生气的样子，就爹着胆子翻了几本书，拿着两本短篇小说集问我："这个您能借我看吗？"

我笑着说："可以，但是不要在上课时看。"

她郑重地点点头，然后高高兴兴地走出去。那是我第一次看到她开心的样子，在这之前，她都是一副惊慌的样子，好像受伤的小鸟一样。

冬天很冷，每次上课她都把手放在桌子上，坐得笔直，我对她说："你可以把手放口袋里，做笔记的时候再拿出来，别把手冻坏了。"

她却笑笑说："没事，老师，我不冷。"

每次一上完课，她就拿着我的茶杯去办公室接一杯热水，放在讲台上。开始的时候，我不明白她为什么要这么做，后来我才知道，她是怕我把手冻伤了，给我接热水暖手，这让我无比感动。

快离开学校的时候，老主任请我吃饭，中途谈起那个小女孩，说她家里情况不好，欠了很多债，他父母打算让她读完小学就过去跟着他们做事。我心里一惊，说：“不会吧，她的成绩那么好，为什么不让她读下去？”

老主任也叹了口气，说：“我也感到可惜，她是我见过的最勤奋的学生了。”

我返校的前一周，她把书全部还给了我。那时候已经放学了，我批改着作业，她就在旁边一直站着，我问：“你怎么不回家啊？”

她说：“老师，我爸说不让我读书了，要我跟着他们去南方打工。”

我的心猛地一疼，不知道该怎么回答她，只能假装继续批改作业。她轻轻地说：“老师，您觉得学习有意义吗？我那么用心地学习，真的能改变我的人生吗？”

我的手一抖，钢笔掉到了地上，我转过身看到她眼眶红红的，马上要哭的样子。我对她说：“学习是有意义的，你能在学习中知道更多东西，了解到更多的道理和规则，对你的人生是有帮助的。你答应老师，不要自暴自弃，不要放弃学习。”

她咬了咬嘴唇，冲我点点头。

我把那些书全部送给了她，她紧紧地抱着书慢慢走回家，就像抱着一个世界。

一年后我回到那个学校，听老师们谈起她，说她小学升学考试的时候成绩是全校第一，她爸回来强行把她带走了。离开学校的时候，她对同学说：“我对不起刘老师。”

我想起那个时候，她带着那个年纪不该有的忧伤问我：“老师，我们的人生有意义吗？”

那一瞬间，大风吹起，风沙全吹入我的眼，让我忍不住捂住脸。

Season 2：老师，求求你别管我了！

就好比电影里永远会有一个反派一样，学生里面永远都有一个调皮闹事的。他叫徐小坤，长得黑黑瘦瘦，是学校里的孩子王，课堂闹事是一把好手，很多老师都拿他没辙。

但不幸的是，他遇到的实习老师是我。我读书的时候比他调皮一百倍。

第一次去他们班上课，这小子就给了我一个下马威，班长喊“上课起立”的时候，全班同学都站起来了，只有他坐在座位上纹丝不动，我走过去问他：“你怎么不起立？”

他嬉皮笑脸地说：“我脚崴了，站起来脚疼。”

我没搭理他，开始上课，刚把课程的题目写好，一个纸团就砸到了我身上，学生中间响起一阵哄笑，我捡起纸团，板着脸问：“谁丢的？”

班上一片沉寂，有几个学生望了他一眼。我心里有数了，走到他身边说：“是不是你丢的？”

他大声说：“谁看见了？老师你别冤枉好人啊。”

我冷笑一声，说：“我问你话呢，你先站起来。”

他说：“我站不起来，我说了我脚疼！”

我一脚就把他的桌子踹飞，学生们爆发出一阵叫声。他的书飞得到处都是，他被吓住了，好像有点发抖，我说：“站起来！”

他连忙站起来，我盯着他说：“以后我要你回答问题，你就站起来，明白吗？”

他估计没见过我这么狠的老师，脸都吓白了，连忙点点头。

我要他把自己的课桌扶起来，然后接着上课。他倒是很规矩，没有再闹事了。

此后他心有余悸，上我的课正襟危坐，虽然成绩还是一塌糊涂，但至少态度上没问题了。

周末的时候我喜欢去镇上买点东西。学校太偏了，附近唯一的小卖部只卖油盐酱醋，我只能骑车去镇上的超市买点零食和烟什么的，从超市出来一转弯，就看到徐小坤被几个初中生拉到小巷里，我跟了过去，发现那几个初中生也是小混混，逮住了徐小坤找他勒索零钱。

我走过去大声问："徐小坤，你在干吗呢？"

一个胖子初中生冲我嚷嚷："你谁啊？关你屁事啊，走远点。"

我没理会那胖子，问徐小坤："我刚刚看你好像是从网吧出来的，是不是又去上网了？"

徐小坤点点头，用求救的眼神看着我。

我说："跟我回去，你奶奶天天就给你那么点钱，你还好意思去上网啊。"

徐小坤连忙站到我身边，我们准备走的时候那胖子拦住我，说："你谁啊，要你滚你没听见啊？"

我问他们："你们哪个学校的？"

那胖子说："我们是第二中学的，你想怎么着？"

我反手一巴掌就把那胖子抽到地上，那胖子细皮嫩肉的，嘴角都被抽出血了。旁边两个初中生慌了，不知所措。这时候一个男人过来问："你们又在搞什么事？"

胖子扑到那男人腿边说："老师，他无缘无故打我。"

我定睛一看，那男人好像是他们学校的教导主任，我们开会的时候打过照面。那主任认出我后就又是一飞脚，那胖子在地上滚了两滚，爬起来落荒而逃。那主任冲我笑笑，说那几个都是他们学校的小混混，学习成绩不好，成天在外面闹事。

我也笑笑，表示理解，然后拉着徐小坤往回走。

回学校的路上我们路过一片麦田，他默默地跟在我的身后一言不发，快到学校的时候他突然说了句："老师，谢谢你。"

我说："你别谢我，真想谢我的话就好好学习吧。"

他又自暴自弃地说："我学习不行的，永远都是倒数几名，我讨厌学习，学了也没用。"

我揪起他的领子说："永远别在没努力过的时候就放弃，记住这句话。"

不知道是不是我的错觉，我看到他的眼睛亮了一下。

此后他学习确实用心了一点，作业也开始做了，虽然还是错得很多，但都是自己做的，比之前全部抄别人的要好多了。期中考试之前，他兴冲冲地说："老师，我这次一定要考好点。"

我点点头，鼓励了他几句，结果成绩一下来，他还是倒数。他失望透顶，又开始懈怠了，成天趴在桌子上睡觉，作业也不自己做了。我把他拉到办公室谈心，他又表现出那副痞子样，摇头晃脑地说：“学的东西有什么用？反正我以后又不想上大学。”

我说：“如果我没记错的话，上次考试你数学没及格，这次你都能考七十分了，而且自从你开始好好学习，班上同学都愿意和你玩了，以前都没同学愿意理你的。这就是学习的意义啊，它能让你慢慢进步。”

他转身要走，我拉住他说：“我话还没说完呢。”

他突然哭着甩开我的手说：“老师，求求你别管我了！”然后跑出了办公室。

我愣了愣，向其他老师打听他家的情况，才知道他爸爸也是当地一个混混，因抢劫被抓入狱，小孩子都因此看不起他。最过分的是，他家里的亲戚从来没有关心过他，当他想好好学习的时候，他们的第一反应居然是嘲笑：“抢劫犯的儿子还想着考大学呢？”

那天晚上，我去了徐小坤的家里，他妈妈是个中年发福的女人，披头散发，不修边幅。我对他妈妈严肃地说：“徐小坤是个好孩子，如果家长给他正面的指导，他未必不会成为栋梁，如果家长对他弃之不顾，那这孩子就毁了。”

我走的时候他的妈妈还呆在原地，不知道有没有听进去我的话。

我要离开学校的时候，徐小坤送了一包东西给我。打开一看是几包烟，我板着脸问："这些烟你从哪儿弄的？"

他说："我从家里的柜子里翻出来的，反正我家也没人抽烟，就送给你吧。"

我说了不要，他却偷偷塞到了我的箱子里。

离开学校以后，徐小坤经常在QQ上联系我，他还是没能好好读书，去当了快递员，每个月工资也不少。他偶尔会发照片，个子长高了，人也很精神，没有当年油头滑脑的样子了。

偶然有一天，我整理东西的时候看到一个旧包里有一张字条，打开看到上面有字迹潦草的一句话："老师，我再也不在努力前就放弃。"

那一刻，我想起了当年和我闹事的坏小子，嘴角不由自主地就弯了起来。

Season 3：老师，那个叫幸福的东西，真的存在吗？

如果这个孩子出生在一个不错的家庭，她很有可能成为一个数学家。石灵灵是我见过的最聪明的学生，无论跟她讲什么习题，总是一点就透。那时候她才十一岁，我当时带了几本初中的数学教材，她动不动就拿过去看看。让人惊异的是她都能自己看懂，可以把后面的习题做得基本全对。

为了测试她的潜能，我还打印了一张初二的习题试卷，要她留在办公室做完。一个小时后她做完给我看，除了少部分空着不会，其他都是对的。

我十分兴奋，认为遇到了一个天才。

石灵灵总是穿得破破烂烂，头发也缠在一起很蓬乱，没有一个小女孩该有的样子。有一次我看到她额头上有点肿，就问她："你头怎么了，是不是走路摔到了？"

她低声说："我爸打的。"

后来我才知道，她爸是个不务正业的酒鬼，成天在村里打麻将，晚上喝醉了就到处打人。石灵灵的妈妈忍受不了就丢下一家人跑了，她爸此后变本加厉，一喝醉就拿石灵灵出气。

我有点愤怒，想去她家找她爸谈谈，办公室的老师却阻止了我，说她爸就是个恶棍，绝不会听的，去了就是自取其辱。

后来我听当时一起实习的同学说起，市里面有一个小学奥数比赛，我就要他在网上帮石灵灵报了名。他给我寄了两本奥数习题过来，每天放学后，我就把石灵灵留下来辅导她，石灵灵对数学的求知欲特别强，有时候遇到一个难题，她就会咬着铅笔，眼珠转来转去，解出来了就欢呼雀跃。

有时候天快黑了，我就要她早点回家，她却聚精会神地做习题。

我把习题拿走，把她的文具收拾好说：“今天就到这儿吧，你快点回家，天快黑了，明天我再接着教你。”

她有点沮丧，却还是听了我的话回家了。

后来要去市里参加比赛，我送她过去，嘱咐她要填自己的姓名、学校和考号。我估计她从没填过自己的考号，她那天特别高兴，一路上都笑个不停。那一瞬间，我觉得她好像一只飞出笼子的鸟，终于见识到无比自由的天空，飞得无比快乐。

她从考场出来后我把她带到一家饭店去吃饭，她带着哀求的语气说：“老师，我们再待会儿再回学校吧，我从来没来过市里。”

我不忍拒绝她，就笑着说：“好，我们吃完饭玩会儿再回去。”

下午我们去逛了商场。我问她考得怎么样，她丝毫不谦虚，说她全会做。我给她买了一双手套，上面有一个英文单词，她问我是什么意思，我说那个单词叫“幸福”。

回学校的车上，她就紧紧地抱着那双手套，闭上眼靠着椅子慢慢睡着了。

两个月后成绩出来了，石灵灵居然得了一等奖。我准备去班上表扬她，却发现她没来上课，我问了其他学生，他们说她前一天也没来。我心想她不会生病了吧，就拿着获奖证书去了她家。她家是意料之中的脏乱，她爸爸长得黑黑瘦瘦的，凶神恶煞般地拦住我。我说：“我是石灵灵的老师，她两天没上课了，我来看看她。”

她爸却说：“她去走亲戚了，过几天会去上学的。”

我点点头，准备走出门的时候，听到一声哭泣，就跑到窗边看了房里一眼，发现石灵灵躺在床上，脸上裹着纱布。我无比愤怒地冲到房间，看到石灵灵的脸上满是乌青，眼眶边的纱布上还有血迹。石灵灵看到我后嘴一撇，眼泪就顺着脸流了下来。

她爸不停地推我：“出去出去。”

我一把打开她爸的手，说：“是不是你打的？”

她爸恶狠狠地说：“我的女儿，我爱怎么打怎么打，你管不着，快点滚。”

我一拳就挥了过去，她爸捂着鼻子摔在一边，我吼道：“你他妈还算是个父亲？你简直是个畜生。”

她爸抄起旁边的椅子就砸到我肩上，扑过来和我扭打起来，我奋力还击，那一瞬间我甚至想杀了那个畜生。有村民赶了过来，有几个把我拉开，剩下的把她爸按在地上。我吐出一口血水，把石灵灵抱起来往镇医院走，石灵灵很害怕，身体都在发抖。

我说：“灵灵，别怕，我带你去看医生。”

我有点心酸，她的身体真轻啊。我发现她还抱着我送给她的那双手套，冷风吹着我们的脸，手套上的“happiness”真的很讽刺。

医生检查完说以后会留疤，石灵灵却没什么反应。她还太小了，不会想到容貌对于女孩子的意义。输液的时候石灵灵问我：“老师，我考得怎么样？”

我勉强一笑说：“你得了一等奖，你很棒。”

她也笑了笑，但不敢大声笑，因为脸上的伤口会很疼。我们很长时间没说话，我以为她睡着了，她却低声说了句：“老师，那个叫幸福的东西，真的存在吗？”

那一刻，我哑口无言，感觉自己是如此卑微和渺小。

后来村主任带了几个人去了她家，做了她爸的思想工作。对于这种人，村主任采用的手段管用多了，村主任表示，他要是还这样就把他赶出这个村子，孩子大家帮着养也养得大。

她爸尿了，此后不敢再动手打人。

我离开学校的时候，石灵灵和几个孩子一直跟在我的车后跑着，喊着我的名字，我都不敢看他们的眼睛，直到他们消失在我的视线中。

现如今六年过去了，石灵灵正在读高三，成绩还是不错，就是有点偏科。她说想考一个好点的学校，她也学会了用QQ，网名就叫“happiness”，也许她也慢慢相信，幸福这个东西是真的存在了吧。

Extra Episode：老师，我们的眼泪很值钱！

那一年，我才二十一岁，一无所有，能力低微，遇到了一群本该幸福却饱受苦难的孩子。

此后我立志做一个有能力的人，希望能够改变一些东西。我也很欣慰，虽然那群孩子不是每个都有光明的前途，但是他们都有着自己的希望，没有一个自暴自弃，就像开在荒漠里的花一样，他们无论怎样都想着生存下来，结出自己的梦想果实。

学生们都很喜欢我，现在大部分也有我的联系方式，有的还在上学，有的已经踏入社会，到了教师节还是会问候我。徐小坤参加工作的第一个月，拿了工资后给我买了一双皮手套，也许这个细心的孩子注意到冬天我的手被冻得满是疮伤。那个学习委员，一直都在学习，我鼓励她去参加成人高考。如果有可能，我会尽力帮助她重回校园。石灵灵家庭条件不太好，好在国家政策也在慢慢变好，每学期会有相关的补贴，读书的费用也没有对她造成很大的困扰，我会经常给她寄一些书本和生活用品，尽管她表达过很多次不要。

我相信我的学生都会足够坚强，因为我曾经打电话问过那个学习委员：“当初你离校的时候，有没有哭过？”

她说：“没有，同学们都哭了，但是我没哭。”

我说：“你不伤心吗？”

她笑着说：“老师，我们已经足够穷了，眼泪就成了我们最值钱的东西了。”

无数次在夜里，我都会幻想，如果时间能够重来一次，我站在宽敞明亮的教室，那群孩子都穿着整洁带着笑容。在夕阳的余晖中，我讲完最后一节课，他们能笑着对我说一声老师再见，那该多好。

我们诉说着自己的苦难，上帝却只当作妙乐来聆听。

每每想到这里，我就会不由自主地难过。但是无论怎样，最穷的地方也应该有光。

西凉

毕业的时候，我最后一次见到曹老师，他和我碰杯时说了一句话：“出了校园，成败比成绩更重要。”

我和群光都没明白这句话的意思，因为我们喝完那杯酒就都摔到了桌子底下。

在家休整了半个月，我和群光开始找工作，满世界地投简历。第一次面试的时候，我和群光都穿得西装笔挺，谁知道在门口坐了半个小时也没排到我们，群光抱怨：“我×，不就一个三千块的工作吗，至于吗？”

我也觉得不至于，我左边是一个染着黄毛的未成年人，跷着二郎腿戴着耳机，我偷瞄到他的简历上写着初中毕业，我正对面是一个快要中风的大爷，不停地用手帕擦着额头上的汗。大爷旁边是一个大肚子的姑娘，不知道是天生肥胖还是怀了孕。突然间我觉得自己挺可悲的，要和这些人抢饭碗了。

前台小妹喊了我的名字，我把领带正了正，抬头走了进去。一个胖子面色冷峻地看着我，我把简历递给他，他拿起来看了几秒钟，问我："应届毕业生？"

我点点头，坐在凳子上有点不知所措。

他扶了扶眼镜问我："你是师范专业，怎么想着做我们这一行？"

我笑笑说："趁年轻，想多尝试一下。"

我正想说下我的情况时，他毫无表情地摆摆手，喝了口水说："你先回去吧，之后我们会有同事给你打电话的。"

我点点头走到他面前，把简历从他手里拿了回来，走出了房间。群光问我："怎么样？"

我叼上烟："一个傻×。"

他挠挠头："什么样的一个傻×？"

我笑着说："你进去就知道了。"

群光拍拍我的肩膀就进去了，三分钟后，从房间里传出打斗声。我连忙跑了进去，看到那胖子捂着流血的脑袋躺在地上，群光被一群人拉开，还在咆哮："你牛×个屁啊，还真当自己是个人物了，下次再碰到老子小心点。"

被轰出去后，我们顶着大太阳走了几百米，我的衬衣被汗湿透了，群光拉拉我说："有钱没有？渴死老子了。"

我说："你他妈的出门不带钱的？"

说完掏口袋，结果因为出门换衣服太急了，除了一张公交卡我什么都没带，于是和群光面面相觑，然后大笑起来，七月的烈日下，我们显得很滑稽。

我走进一个小卖部，一个老奶奶在看店，我说："奶奶，我们出门没带钱，您能给我们两瓶水喝吗？"

老奶奶看了我们一眼，从冰箱里拿出两瓶矿泉水，温和地说："喝吧。"

我和群光连忙鞠躬道谢，老奶奶坐在凳子上摇着蒲扇问："你们是大学生？"

群光咕咚咕咚把一瓶水喝完，嬉皮笑脸地说："我们是小学生。"

我给了他脑袋一下，对那老奶奶说："嗯，我们是出来找工作的，出门急忘记带钱了。"

老奶奶皱着眉头说："现在的工作不好找啊，我孙女毕业一年了，都没找到工作。”

这句话让我心里一紧，就业的艰难连老人都知道了，前几年在校园里的时候，我们却还幼稚地认为自己一出社会就能出人头地呢。

老奶奶看出我的忧虑，拍拍我的头说：“没关系，小伙子，慢慢来。”

我冲老奶奶笑笑，起身要走，老奶奶问我：“有钱坐车吗？”

我拿出公交卡冲老奶奶笑笑，然后拉上满头大汗的群光快步走远。

找了几周，我们还是没找到合适的工作，我和群光渐渐失去了斗志，整天待在家里打游戏。

比较尴尬的是，我们都没有经济来源，日子过得无比拮据。中午的时候我们就煮两碗方便面，晚上的时候就到处去蹭饭。群光有一个追求者，是一个蛋糕店的小妹，长得胖胖的，我们没饭吃的时候就会去蛋糕店要小妹施舍我们几块蛋糕。

我们蹲在路边狼吞虎咽地吃着奶油蛋糕，群光被噎住了，使劲捶了几下胸口，喘着气说：“为了食物，老子都得出卖美色了。”

我说：“你就知足吧，你这种货色能换来两块蛋糕不错了。”

一辆豪华轿车从我们面前急速驶过，扬了我们一脸灰。群光站起来破口大骂，烈日下显得面目狰狞。

他把没吃完的蛋糕摔在地上，说："老子去搞钱！"

我连忙拉住他："哥们儿，犯法的事情咱不干，还没到那份儿上。"

群光甩开我的手："你放心，哥们儿也不想在牢房里捡肥皂，你回去等着吧。"

看着他远去的背影，我的心里有点忐忑。

第二天中午，家里的最后一桶泡面也吃完了，我正饿得头晕目眩时，群光进来了，扬起手中的一沓人民币，冲我说："走，咱们吃饭去。"

我扑在他脚边："哥，从今以后你就是我亲哥。"

他踢了我一脚："你还真他妈有奶就是娘啊。"

我们找了个不错的馆子，点了五个菜，全部是大鱼大肉，服务员善意地提醒我们："先生，你们两位估计吃不完这么多。"

群光说："谢谢你，妹子，我们刚劳教完出来，一定吃得完。"

服务员连忙走了，我注意到她的小腿好像在发抖。

吃第一口红烧肉的时候，我差点哭了出来，原来肉是这么好吃。我和群光恶狗抢食般地吃着菜，旁边的几桌人都目瞪口呆地看着我们。我越吃越热，把衬衣扣子解开了两颗，我的肚子慢慢隆起，群光也吃得面色潮红，汗从鼻子尖不停地往下滴。

一个小女孩从我们面前走过，看到我们的吃相被吓住了，我扭头看了她一眼，她居然吓得哭了起来，估计是害怕我们吃得兴起把她也吃了。

出饭店的时候，我和群光几乎走不动路了，用手摸着肚子不停地打着嗝。

我问群光："你去哪儿弄的这么多钱？"

群光点燃一根烟："打牌赢的。"

我很诧异："打牌能赢这么多？"

群光拍拍我的肩膀："我带你去见识一下。"

那天下午群光带我去了一个麻将馆，麻将馆面积不大，乌烟瘴气的，里面几个男的打着赤膊叼着烟，还有几个少妇穿着短裙跷着二郎腿，都在聚精会神地打麻将。麻将馆的后面还有一个小屋子，里面聚着一堆人，围着几张报纸看个不停，我凑过去注意到，是香港的六合彩马报。

一个光头出来笑嘻嘻地拍拍群光的肩膀，说："又来了，兄弟？"

说完递给群光一根烟，又递给我一根："这位兄弟是……"

群光接过烟笑着说："我哥们儿，从小玩到大的，这是马哥，这里的老板。"

我接过马哥的烟，冲他点点头，算是打了招呼。

马哥问群光：“今天想玩大的还是小的？”

群光吐出一个烟圈说：“和昨天一样呗。”

马哥指着我问：“这位兄弟也玩吗？”

我连忙说：“我不玩，今天我还有事，我只是来看看，下次有空再来玩。”

马哥点点头，领着群光去了一个包间。我转身往外走，出门的时候回头看了一眼，那些人的脸显得很阴郁。

那段时间群光天天去打牌，开始的时候总是赢，后来输一回赢两回，再后来输两回赢一回，又过了几天，就只输不赢了。

我已经找到了工作，一个月工资只有三千多块，一个月只有两天的假期，没多少时间和群光见面。

有一天下班的时候，群光找到了我，他瘦了很多，气色看起来有点不好，他问我：“你手上有多少钱？”

我说：“一两千，怎么了？”

他摊开手：“借我应应急。”

我把钱包掏出来，把整钱全部给了他，他看到我钱包里只剩下几个硬币，又塞了三百块钱到我钱包里，他拍拍我的胳膊说：“这周就还你。”

晚风吹过，他的头发遮住眼睛，我看不清他的表情，我说：“你还是天天打牌吗？”

他说：“早就不打了。”

我松了一口气，结果他又说：“我现在玩六合彩，中一次可以吃半年。”

我一把抢过刚刚借给他的钱，说：“你他妈疯了？”

他愣住了，问我：“你怎么了？”

我很想抽他一巴掌，我说：“你是傻×吗，那种东西你也信？”

他说：“我上次看到一个人中了十万，十万块钱啊，他妈的上班要上三四年呢，我就想搏一搏。”

我瞪着他，气得说不出话。

群光又摊开手：“把钱给我，我发财了双倍还你。”

我说：“滚！”

他猛地抬起头，他的表情吓了我一跳，然后咬牙切齿地说：“这么多年的朋友，找你借这么点钱你都不借？”

我把手上的钱都快捏烂了，一字一句地说：“我是为你好。”

群光眼睛红了，他说：“我再问最后一遍，借不借？”

我盯着他的眼睛：“不借。”

他用力推了我一下，我后退几步，他朝我吐了口口水，然后头也不回地快步走开。

过了几天，我给群光打电话，响了一声就被挂断了。我接着打，他的电话关机了。我去他楼下等他，等了两个小时也没等到。

生活总是在不知不觉中，就会错开我们前行的轨道。

发工资的那天，我还是给群光打了电话，电话都没接通就被挂了，估计是进了他的黑名单。走出公司的时候，一个姑娘拦住了我。

她哭着对我说："你帮帮群光吧，现在只有你能帮他了。"

我的心剧烈跳动："他怎么了？"

那姑娘哭得更厉害了，她说："他欠了钱，被人带走了，人家说要砍他的手。"

我把那姑娘送了回去，去了那个麻将馆。那时候已经快十点了，麻将馆里只有两桌人在打麻将，马哥没认出我，他笑着说："小兄弟，玩牌还是赌马？"

我说："我来找群光。"

马哥的脸一下子就阴了，他冲我招招手，我跟他走到了后面的屋子，他打开门，我看到群光满脸是血地躺在地上，群光也看到了我，愣了一会儿把头扭了过去。我过去想把群光扶起来，被一个胖子大力推开，胖子冲我嚷嚷："找事吗？"

我问马哥："他欠了多少钱？"

马哥沉着脸说：“不多，就五万。”

群光说：“我只借了四万……”

胖子踢了他一脚，骂：“×你妈，不要利息啊？”

马哥打打手势，胖子不再打了，我对马哥说：“马哥，他的钱我来还，你先让我把他带回去。”

马哥递给我一根烟，说：“人我不能给你，这小子前几天就想跑呢，你拿钱来我立马放人。”

我把刚发的工资拍到桌子上，对马哥说：“这点算是伙食费，今天你们带他吃顿好的，别再打他了。”

马哥拿起钱甩了甩，说：“成，看在你这么够意思的分儿上，我今天不教训他。”

我孤零零地走在街上，一根接一根地抽着烟。

我的脑袋晕晕的，五万块钱，我到哪里去搞这么多钱？预支工资，最多万把块，找人借钱，这么晚了估计都睡了，找父母要，又实在开不了口。

我一脚踹翻路边的垃圾桶，吼了一声：“×！”

路灯一盏盏熄灭，黑暗如潮水般席卷了我。

我在路边坐了一夜，还是没能想出办法，到了早上七点多，清晨的新鲜空气也没能让我的头脑清醒点，路边的店铺纷纷开门，我走到一家五金店，老板打了个哈欠问我："买什么？"

我揉着眼睛说："给我一把西瓜刀。"

老板打量了我几眼，找了一把刀递给我，我付了钱把刀用报纸卷好，慢慢地走向麻将馆。

世界在我的眼中旋转个不停，那些高楼大厦就像魔方一样不停地变换着色彩，匆匆而过的行人仿佛都长着一样的脸，夏天还没过去，我居然觉得有点寒冷。

一双手拍了拍我的肩膀，我猛地回头，曹老师吓了一跳，他问我："你怎么了？"

我张了张嘴，没能说出话。

曹老师把我拉到一个早点铺，给我倒了一杯茶，问："出什么事了？"

我颤抖着端起杯子喝了一口茶，断断续续地把事情说了，曹老师沉着脸说："你买的刀呢？"

我把刀拿了出来，他一把夺了过去，扇了我一巴掌骂道："愚蠢！"

我的脸上火辣辣的，心里却平静了很多。

曹老师对我说："还记不记得毕业时我说了什么？"

我说："我记得，成败比成绩更重要。"

曹老师说："你只听到了一半，我说的是，出了校园，成败比成绩更重要，但是最重要的，是要好好生活。"

我坐在椅子上说不出话，眼泪夺眶而出。

我带曹老师去了麻将馆，马哥笑嘻嘻地问我："钱带来了吗，兄弟？"

曹老师拿出一张银行卡，对马哥说："这里有四万块钱，你把人放了。"

马哥接过银行卡在手里转了转，说："你是不是记错了？他欠我的是五万块。"

群光蹲在地上，看起来也是一夜没睡的样子，曹老师过去扶他起来，那个满脸横肉的胖子把曹老师推开，大声说："干吗呢？"

曹老师扶了扶眼镜，拿出电话，对马哥说："我儿子在市刑警队当队长，要不要他过来处理一下？"

马哥把烟头往地上重重一吐，说："别他妈想唬我，我儿子还是市长呢。"

曹老师把电话拨通，说了几句后递给马哥，马哥接过电话后三分钟，事情就解决了。马哥不停地给曹老师道着歉，把我们恭恭敬敬地送出门，还给了群光五千块钱，说算是损失费。

群光看了曹老师一眼，曹老师说："你拿着吧，这是你应得的。”

群光接过钱，马哥还是在赔着笑脸。

走到大街上，我才觉得很疲倦，只想找个地方好好睡一觉。群光哑着嗓子对曹老师说：“谢谢你，曹老师，钱我会还给你的。”

曹老师冲我们笑笑，说：“好好做人。”

曹老师走后，群光满含深意地看了我一眼，但是没有说话，我们默默地往前走着，阳光洒在我们的身上，世界渐渐地恢复了温暖。

stary stary night

南十字

无数挫折都无法
让我们绝望

最后一次晚安

刚毕业的时候，我有幸去过成都一次。成都就如一个乐天的小姑娘，宁静中让你安心，偶尔的喧闹是她在撒娇，妩媚的夜色是她的微笑。

我住在哥们儿学校的寝室，大学城附近有很多小吃店，再远一点就是一些茶馆，经常能看到几个少妇跷着二郎腿打麻将。成都的女孩普遍皮肤白皙，五官端正，身材苗条的同时说话还很有意思，阮颜就是其中的代表。

我们第一次见面时是在麻将桌上，阮颜单扣五筒，可是我手上四张五筒，她连摸七张都没摸到，气得直骂人，我冲她乐："我知道你和什么，你这把别想和了。"

她说："你这瓜娃子知道个屁。"

我把四张五筒摊在桌子上明杠，把她气得跳起来，桌上的另外两个人也笑了。

打完牌我们一起吃饭，她和谁都碰杯，就是不理睬我，我拍拍她说："你也和我喝一杯啊，别那么小气嘛。"

她嘟着嘴说："你这人太坏了，我不想和你喝酒。"

我单手朝天，说："我发誓，以后再也不杠你的和牌了，以后一定拆了放你炮。"

她笑了下，和我干了一杯，两人化敌为友。

当天晚上我们喝完酒绕着马路走了两圈，天气有点冷了，阮颜停下脚步有点哀怨地看着我，我问："怎么了？"

她说："你是不是个男人啊，一点绅士风度都没有。"

我委屈地说："我又做了什么让你鄙视了？"

她说："你没看到天气这么冷吗，我一个如花似玉的姑娘在你旁边冻得瑟瑟发抖，你居然视而不见，你不该脱掉你的狼皮给我取暖吗？"

我说："我一直想来着，但是怕你说我占你便宜啊，万一你叫几个见义勇为的青年把我扭送到局子里怎么办？"

阮颜笑着说："你放心，到时候我会和警察叔叔说清楚你的罪行的。”

我一把把她搂在怀里，她身上有一股淡香，我说：“考虑到不能把我给冻死在异乡，我们还是相依取暖吧。”

她没说话，我还以为这姑娘被我征服了，谁知下一秒她把她冰冷的手伸到我的衣服里按着我的肚子，好像一块冰突然滑到我的衣服里，我浑身一抖，差点没跳起来，她咯咯笑个不停。

那天晚上我们就在一起了，开房的时候阮颜冲前台说：“开最贵的房，这家伙是大款。”

上楼的时候我用力捏了下她的手，说：“你还真是别人的肉割着不疼啊。”

她不甘示弱，踢了我一脚说：“你疼个屁，都是赢的老子的钱。”

进房后我烧了开水，给她倒了一杯，她坐在床上对我说：“我跟你讲，我学过三年的跆拳道，各个国家的防狼术我都略懂，你晚上别打什么坏主意。”

我没说话，大口大口地喝水。

她纳闷地问我：“你有那么渴吗？”

我说：“我喝点水压压惊。”

她大笑，脱掉外衣去洗澡，其间听到她在唱歌，好像很高兴的样子。我们打开电视看了一场电影，由于情节过于无趣，我觉得困意来袭昏昏欲睡，说：“女侠，我先睡了，晚安。”

她却扑过来搂着我的脖子，说：“你是不是个男人啊，一点男子汉气概都没有。”

我无辜地说：“我又做了什么让你鄙视了？”

她眨着大眼睛说：“有我这样一个国色天香的少女在你旁边孤枕难眠，你居然好意思睡觉？”

我反身把她压倒，她用力抵住我，说：“灯，灯。”

我捡起床边的拖鞋就砸在开关上，房间就一片漆黑了，她好奇：“你是怎么做到的？”

我说：“无他，但手熟尔。”

她大笑，然后我用嘴堵住了她的口。

结束后我们相拥而眠，我入梦之前依稀听到她在我耳边轻声说晚安。

过了半个月，我身上的钱花得差不多了，阮颜问我：“你不找工作吗？”

我说：“我一直在找啊，好像也没有合适的。”

阮颜拍拍我的脸说：“那就慢慢找，我养你这个小白脸。”

此后阮颜一直在接济我，那时候她也是大四毕业，找了份普通的工作，在外面租了个小房子，三番五次邀请我过去和她同住。于是我就半推半就地搬过去了，白天她上班，晚上回来还得给我做饭、洗衣服。

我不忍心看她这么累，就在一天下午把房间收拾得干干净净，去菜场买了一堆菜，晚上做了一桌好吃的。她回来的时候吓了一跳，说：“真是千年的铁树开了花，你还会做家务呢？”

我说：“这不是一直吃白食心里惭愧嘛。”

她吃了一口红烧肉，笑眯眯地说：“还行，毒不死人。”

吃完饭后我们躺在一起，我拿出耳机和她一起听歌，她说：“我不喜欢听民谣，民谣里的人都太穷了，做爱都在没空调的房子里，避孕套都用不起冈本的。”

我说：“我和你的想法差不多，但是民谣很符合我现在的心境。”

阮颜每次睡觉前都要趴到我耳边对我说晚安，我问她为什么要这样，她说是为了给我留下记忆，让我有生物钟般的习惯，以后每次睡觉前都能想起她。我嘲笑她矫情，她说这是有科学道理的，以后我就知道了。

那时候我经常失眠，阮颜熟睡的时候我往往睁大眼睛看着天花板，觉得自己的未来就和夜色一样一片漆黑。

即使我们生活很贫穷，阮颜也每天想着法子逗我开心，有一次她不知从哪儿搞来一把吉他，丢到我面前说：“来，给大爷唱个曲儿。”

我说：“客官你自重啊，我卖身不卖艺的。”

她拿出一百块拍在桌子上说：“你还挺有骨气，卖不卖？”

我一把抢过钱，说：“卖卖卖。”

她笑着打我的胳膊，我调好音后问她：“大爷你要听什么？”

她说：“随便，唱你最拿手的。”

不足四十平方米的房间里，我们互相用温暖支撑着对方，我弹完后她泪光闪闪，抱住我说：“看不出来，你个瓜娃子还有点艺术家的样子。”

到了最后，我们山穷水尽了，阮颜甚至找她姐们儿借钱了，我觉得过意不去，说：“要不我回武汉吧，也许家里能托点关系帮我找个不错的工作。”

她捧住我的脸说：“没事，我相信你一定可以出人头地，你人品好、有才华，一定会有自己的一番成就。”

我说：“那你别找人家借钱，我明儿打零工去。”

第二天我就去外面打零工，发了半天传单赚了六十块，买了几个苹果。阮颜一直都挺喜欢吃苹果的，可是已经好久没吃了。

上楼的时候看到阮颜边打电话边上楼，我偷偷摸摸地跟在她后面想吓吓她，却听到她在跟别人说："我也觉得他不上进，再给他一段时间吧。对，你说得对，我会好好考虑的，免得浪费了自己的青春。"

我的手一松，苹果顺着楼梯滚下去，阮颜没有察觉，自顾自地上去开门了。

回到家阮颜笑嘻嘻地说："回来啦？今天有没有什么斩获？"

我阴沉着脸，坐在椅子上抽烟，她一把抢过我的烟掐灭，说："别天天给我在这儿装颓废，又不是非主流少年。"

我甩开她的手，冷冷地说："你别管我。"

她愣了愣，说："你干吗啊，在外面受了气别对我发火啊，你是不是个男人啊？"

我站起来收拾东西，把衣服草草地塞到箱子里。她有点慌了，我提着箱子下楼，她连忙追出来按住我的手说："你干吗啊，我做了什么让你这么愤怒？"

我说："你还是不要在我这儿浪费你的大好青春了。"

她呆住，嘴角动了动，没说出话。我冷冷地看了她一眼，直直走向火车站。晚风吹得人无比悲凉，她一直默默地跟在我后面，进站买票的时候她拦在我前面，按住我的箱子说："你别生气，我那是和姐们儿瞎扯呢，我没有那个意思。”

我说：“放手。”

她的眼泪如泉水般涌出，她说：“我错了，你不要生气，不要走了。”

我说：“放手。”

她使劲地摇着头，眼泪如水晶般四溅，她抱住我说：“你不要走，我以后再也不那样说你了。”

那一瞬间我的心有点疼，我知道是自己的自卑在作祟，想起这些天我们为了生活而发愁，每天都为了省钱而烦恼，看着她日渐消瘦的脸，我拍拍她的背说：“你没错，是我没用，我养不活你，你说得对，我真他妈不是个男人。”

说完我咬咬牙，推开她进站去买票，她蹲在地上号啕大哭，就像一个被抛弃的孩子。

上车后，我靠着窗看着窗外，成都还是那样宁静，妩媚的夜色是她的微笑，偶尔的喧闹是她的撒娇，随风而散的爱情，应该就是她低唱的歌谣吧。

火车缓缓前行，我靠着窗户沉沉睡去，心头有点沉闷有点疲倦，这时候我耳边一动，好像听到有个声音轻轻说：晚安。

我猛地睁开眼，泪水终于克制不住。

浪子三唱，不唱悲歌

我第一次见秦老师的时候是二十一岁，我穿着夹克戴着耳钉，耳机里还轰炸着刺耳的摇滚。秦老师穿着旧旧的白衬衣，头发已经白了一半，一脸的沧桑，他凑过来握住我的手诚恳地说："你就是来实习的刘老师吧，欢迎欢迎。"

我也笑着打了个招呼，两个人一起去餐馆吃饭，点菜的时候秦老师把菜单递给我，说："喜欢吃什么点什么，别客气。"

我随便点了几个菜，秦老师要了两瓶白酒，我谦虚地说我不怎么喝酒，秦老师却给我倒上一杯，说："那就少喝点吧。"

我就没再客气了，那时候是十月份，中午的时候还很炎热，小餐馆里连个空调都没有，喝了一杯后我就热得满身是汗。秦老师问了下我的情况，说："你是来我们学校的第一个大学生，我们那儿条件有点艰苦，也是委屈你了。"

我说："哪里哪里，我也是乡下出来的孩子，也是吃过苦的，您别担心。"

话虽这样说，我心里还是七上八下的。这个小镇实在太破了，连个像样的超市都没有，我在心里咒骂那个傻×辅导员，肯定是对我有意见，才把我分到这个鸟不拉屎的地方实习。

吃完饭后结账时我要埋单，秦老师却把我按在椅子上，从口袋里掏出钱付了。我注意到都是些散钱，心想，不会在这儿跟我演清贫教师吧。出门后我们坐上汽车，坐了一个多小时转麻木车，当时我就愣住了，什么年代了居然还有这种交通工具？颠簸了半个小时到了河边，望着白茫茫的河面，我的心彻底慌了，我问秦老师："秦老师，学……学校呢？"

秦老师说："在河对面。"

说完他摇摇手，慢悠悠过来一条小船，船夫是个中年男人，问："秦老师，今天没上课啊？"

秦老师说："我去接了个新老师，名牌大学生。"

船夫把船停好，和我握了握手说："原来是大学生老师啊，上去吧。"

上船后船夫翻了翻口袋，递给我和秦老师两根好烟，自己又拿出一包三块钱的烟抽起来。我被乡下人的朴实感动了，心情稍微好了点。到了学校，一排学生列队欢迎我，有两个小孩子居然送了两捧花过来，我接过来一看，是乡间小路上的野花，费了不少功夫扎的，孩子们有的偷偷打量我，被我发现后连忙低下头。

学校非常简陋，教室的窗户大部分是破的，办公室就是几张旧桌子拼在一起，上面有着厚厚的作业本。学校给我分了一间宿舍，里面除了一张床什么都没有，我忍不住皱了皱眉。秦老师下午的时候把他家的电视机搬了过来，我诚惶诚恐，推托着说不要，秦老师说："学校就你一个老师住校，晚上挺无聊的，看下电视打发时间吧。"

事实证明他是对的，每天放学后，学校里连个鬼都没有，阴风阵阵地吹在窗户上，如果我胆子小点，估计会被吓崩溃。我在心里问候了辅导员的十八代祖宗，第一天晚上我就给辅导员打电话，说："辅导员，你想想办法给我换一个学校吧，这儿太简陋了，我怕会客死他乡。"

辅导员打了个嗝说："我们是随机分配的，一个萝卜一个坑，哪能说换就换。"

我勃然大怒："那他妈的凭什么我就是狗屎坑？"

辅导员说："庄稼一枝花，全靠屎当家，你就随遇而安吧。"

我说：“我×你……”

辅导员说：“喂，喂，我这儿信号不大好，喂，你说话大点声……”

然后电话就断了，我把手机摔到地上，那一晚我彻夜无眠。我想了很多办法，比如装病回家，或者直接跑掉，想着想着天就亮了，我穿好衣服准备实施计划，一开门看到门口坐着两个学生，一个女孩子站起来递给我一袋包子，她小声说：“老师，我家是村口开早点摊的，我妈要我带给您的。”

我的心颤了颤，问：“你们等了多久？”

她低下头说：“没有多久。”

然后拉着另外一个女孩子快步走了，我站在原地思绪万千。吃完早饭后去上课，教室里过分地安静，我只听到自己的呼吸声，莫名地有种紧张感，我说：“上课。”

学生们整齐地站起来鞠躬：“老师好。”

每个孩子都是诚恳的态度，和我们那时候走形式的样子完全不一样，那一瞬间我不想走了，我要留下来好好教他们。贫困地区的孩子就像路边的野花，他们纯真也善良，自卑也自强，课堂纪律根本不用管，每个孩子听课都很认真。

中午吃完饭，秦老师洗完碗后对一个老师说：“我回去把家里地里的活干完了就来，学生的午休你帮我看一下。”

说完快步离开了学校，我问那个老师：“秦老师还种地？”

那个老师笑了笑，说：“不只是他，我们这儿的老师都种地，只不过我们家都有人帮衬着做，他家只有他一个。”

我问：“为什么？”

后来我才知道秦老师命运多舛，本来有个儿子，六岁的时候生了大病夭折了，他的妻子受了刺激也疯掉了，教育局给教师的钱本来就不多，还隔三岔五地扣着少发或不发，秦老师只能一边做农活一边来教学。我见过秦老师做农活，正午的时候戴着草帽割麦子，金灿灿的麦田里他弯着腰不停地挥着镰刀，偶尔会仰起头擦擦汗，割完了把麦子扎成捆，去家里快速冲个凉换上衣服去讲课。

有一次快放学的时候下起了大雨，秦老师的麦子还在麦田里，他在黑板上给学生布置作业。因为条件艰苦，学生买不起课后辅导资料，老师只能在黑板上一题一题地写板书，学生在作业本上一题一题地抄，一个老师在教室门口说：“秦老师，要不你先回去把麦子收了吧，马上要下暴雨了。”

秦老师没有理会，粉笔在黑板上继续写着，他说：“还没下课呢。”

那老师摇了摇头走了，放学后秦老师冒着大雨把麦子挑回了家，其实那些麦子早就被淋透了，他一步一步地在雨中走着，身形有点佝偻，我却觉得很伟大。

其实秦老师很有才华，唐诗三百首、宋词三百首随便说个名字，他都能一字不差地背出来，还写得一手好字。我曾经见他在办公室写毛笔字，笔走龙蛇，铁画银钩，让人心驰神往。他的厨艺也很好，我吃过他做的武昌鱼，比我在大餐馆里吃过的要美味多了。这样一个人，如果是在大城市，应该是前途无量的。

第一次见面的时候我以为他已经五十多岁了，后来才知他刚过四十，岁月的磨难彻底摧残了他的容貌和身体。县教育局的领导来学校视察，学校老师问起工资的事情，已经拖了三四个月了。县领导有点不悦，就鸡蛋里面挑骨头，说学校食堂不规范，食物不干净。

那群老师和县领导争执了起来，学校的老主任已经快七十岁了，他拉着县领导的袖子说："你们不能再拖欠我们的工资了，我给市里打过电话，工资早就拨发下来了，你们再这样我只能给市领导打电话了。"

县领导被激怒了，手一扬那老主任就摔在了地上，几个人连忙把老主任扶了起来，对县领导怒目而视。县领导用方言骂了几句准备要走，我冲出去大喝："你怎么能打人呢？"

他看我是个毛头小子，瞪着我问："你是谁？"

我说："我是来这里实习的。"

他说："没你说话的份儿，滚。"

我握紧拳头，走到他面前说："你牛×什么？我告诉你，武汉报社里有我哥们儿，信不信我打电话要他写篇报道，明天你就得下岗。"

县领导愣住了，然后几个人过来打圆场，事态平息了下来。过了一周，教师工资发下来了，老师们对我都很感激。其实我也是唬那县领导的，我哥们儿也只是在报社里实习而已。

发工资那天放学的时候，秦老师对我说："小刘，待会儿去我家吃饭，我昨天打了几条鱼。"

我点点头，说改完作业就去。

秦老师就去送学生过河，学校有一部分学生是在河对面的，那天天气不大好，风特别大，船在河面摇摇晃晃的，秦老师坐在船头，有个学生坐在船边一个不稳掉下去了，旁边的学生居然都没有发现。过了几分钟，秦老师回头一看少了个孩子，立马就慌了。

一个小女孩说："刚刚他坐在我旁边的，现在不见了。"

秦老师额头青筋暴起，大吼："你刚刚怎么不说？"

小女孩嘴一撇，哭了起来。

秦老师把衣服一脱，跳进河里，那时候已经十一月底了，傍晚的气温已经很低了，秦老师在河里找了几分钟，都没有找到落水的孩子。船夫大喊：“秦老师，上来吧，别冻死在河里了。”

秦老师脸色发白，又深吸一口气潜了下去。

二十几分钟后，秦老师抱着孩子的尸体上岸了，他跪在尸体旁边，整个人瑟瑟发抖。过了一会儿家长闻信赶来，孩子的妈妈大叫一声昏死过去，孩子的父亲一巴掌抽到秦老师脸上，接着就被村民拉开。

秦老师的眼泪从满是皱纹的脸上流下来，他给孩子的父亲磕了三个头，又对着孩子的尸体磕了三个头，抬起头的那一刻，额头上流下了鲜血。

也许从那一刻，秦老师就彻底苍老了。

其实老师也没有送孩子回家的义务，只不过秦老师的家也在河对面，刚好顺路而已，家长却把责任全推到秦老师身上，一次次地来学校闹，每闹一次，秦老师就老一分。我实习结束的时候，秦老师头发已经全白了，离开的那天，他帮我拿上行李，温和地说：“来的时候是我接的，走的时候也是我送吧。”

我点点头，走出宿舍的时候孩子们在校门口等我，有几个女孩子都眼眶红红的，我故作轻松地说：“好好学习，明年我再来看你们。”

本以为可以缓和一下气氛，不料孩子们却齐声大哭起来，有几个还扑过来抱住我。秦老师把他们拉开，说："刘老师还要回学校学习呢，等他毕业了，再来教你们。"

一个小女孩眼泪挂在睫毛上，问："真的吗？"

我点点头，他们终于不哭了，我走的时候他们却跟在后面跑了一路，我不敢回头看他们的眼睛。

我坐上返校的汽车前，秦老师和我握了下手，他说："这些日子真是谢谢你了，孩子们都跟着你学到了很多。"

我说："别这么说，我也在这里学到了很多。"

秦老师帮我把行李放好，叹了口气走掉了。

回到学校，走在繁华的大城市，看着路旁的小孩子衣着光鲜地吃蛋糕，用手机玩游戏，我都会情不自禁地想到我那群学生。看到学校里那群教授开着豪车去吃大餐，我就会想到那群一边种田一边教书的教师。

生活就像一把巨斧，我的人留在了车水马龙的城市，我的心还飘在破旧的乡间学校。

每年我都会抽空回去看看我的学生，学校还是没怎么变化，秦老师却越来越老了，咳嗽得非常厉害，我提醒他去医院检查一下，他却洒脱地说："生死由命，随遇而安吧。"

第三年回去的时候，没能见到秦老师，老主任感慨地说：“他死了，才四十三岁就死了。”

我愣在原地，半晌都没回过神来。

听别人说起，秦老师死得非常凄凉，咳了大半夜，在床边呕了一摊血，他的疯老婆却在一旁做着美梦。秦老师觉得自己大限将至，就挣扎着爬起来，把柜子里的钱找出来放在他老婆头边，然后摔在地上死去了。

办公室里秦老师写的毛笔字还挂在墙壁上，上面写着：“英雄无泪，化作碧血，浪子三唱，不唱悲歌。”

我念了一遍，不禁热泪盈眶。

青春到哪儿去

这么多年过去，我还是经常想起王二。

王二是我的大学室友，第一次开夜谈会的时候，他讲述了自己的故事。高中时候他们学校来了个外教，名字叫迈克，来自加拿大，长得很英俊，深受班上姑娘喜欢，其中就包括王二暗恋的英语学委。

有一次外教上课的时候展示了一下美国的手表，带防水功能的，引起阵阵感慨。

老外有点自豪，就把手表传给下面的同学观看，传到王二的时候，他站起来说："迈克老师，你这手表坚硬吗？"

王二是用英文说的，老外自豪地说："Yeah，yeah，它牢不可破！"

王二就竖起大拇指，然后把手表放在地上，搬起凳子，在全班同学的注目礼下猛地砸下，一道破碎的声音伴着老外的一声“Jesus Christ（耶稣基督）”响彻整个教室！

手表自然是被毁了，王二还颇嘚瑟地说：“It is just so so！”

老外就愤怒了，吼了一声就冲了过来，被大家拦住了，教导主任恰好路过，把王二扯到了办公室。

教导主任非常严肃地说：“我知道你成绩好，但是你怎么能得罪外国友人？”

王二大义凛然地说：“当时他们八国联军侵略我们国家，把我们圆明园都烧光了，我今天砸了他一块表又怎么了？”

教导主任说：“不能这么说，我们要理性对待历史，主要是展望未来。”

王二说：“历史老师教育我们说，忘却历史就是一种卖国。”

教导主任有点哑口无言，一巴掌甩过去：“你他娘的把表赔给人家！”

在教导主任的威逼利诱下，王二还是赔了表，但和老外从此结下了梁子。

王二特别喜欢踢球，脚气却是极重，属于那种闻了一次，想闻第二次，闻了第二次，想闻第三次，闻了第三次就昏厥的。因此在以后的岁月，一个有才的哥们儿为王二编了一首歌：寝室有一种脚臭味，是王二袜子犯的罪，如同洒了敌敌畏，蒙上被子继续睡……

回到高中时代，那天老外上完课后王二去踢球，回来的时候班上已经空了，大家都去吃饭了，王二就脱了上衣和袜子在教室吹风扇，这时候老外回来拿自己的手机，两人恰好相遇！

老外一进教室，皱眉说了句：“Un，what is it？”

王二看到老外，站了起来，说：“你好，迈克老师，我有什么可以帮你的吗？”

老外看到王二的结实的身体，夸奖着说：“Two Wang，你的肌肉非常不错。”

王二说：“谢谢你的夸奖。”

老外拿了自己的手机，这时候就到了上文说的闻了第三次那种程度了，老外看见王二黄得像一坨屎的袜子，一阵恐怖气味扑鼻而来，老外惨叫了一声就吐着白沫昏倒了。

此举让王二一战成名，从此再也没有女生搭理王二，看到他仿佛就闻到了脚臭味一样，皱着眉头捂着鼻子就走。

王二也因此能专心学习，而且在高考中以英语145分的成绩让那个迈克竖起大拇指。

王二为我们寝室增添了一些奇葩特色，比如冬天打赤膊，夏天穿棉袄，比如用洗衣粉洗头，看足球比赛喊姚明加油，都是此人的杰作。

大学时王二最喜欢上英语课，英语老师是个四十几岁的胖子，给自己取了个英文名字叫彼得·潘，估计是童话故事看多了。私下里我们都叫他彼得·胖。他操着一口美国乡村口音说自己在美国留过学，得到过什么荣誉。

彼得·胖上课倒是挺有趣的，要么就是放外国大片，但是外国的大片一般都有三到五分钟的情色情节，估计彼得·胖是观赏过多遍了，总是在那情节前一分钟不自觉地咳嗽几声，到后来看电影的时候，只要听到彼得·胖咳嗽，大家就拿出眼镜正襟危坐地盯着屏幕。有时候也会听下BBC的广播，或者和同组的人对对话。

我经常和王二分到一个小组，时常出现这样的对话。

王二：What do you do yesterday night?

我：I play with a lovely girl!

王二：Oh，going down!

我就一巴掌甩过去，大骂："你丫才够淫荡！"

夏天来临的时候，不管是好看还是丑陋的姑娘，清一色都穿上了丝袜、高跟鞋，其中包括某些可以把丝袜撑破的象腿妹子，让人食欲大减。一到深夜，就看到好多情侣在草坪上彻夜长谈，第二天清晨的时候，总能看到草坪上有两个人形。

王二由于找不到女朋友，精力无法发泄，每天晚上八点就去篮球场上练球。有一次他投出一个超远三分，结果偏离篮筐砸到了路边一对正在接吻的小情侣，那男的怒气冲冲地跑过来说：“你丫找抽呢？”

那女的却不说话，死死地盯着王二的六块腹肌。

王二连忙道歉，男的却不依不饶，一脚朝王二踹过去，不料王二身体素质太好，踹上去就像踹到一堵墙似的，那男的一个不稳反而跌倒了。那男的爬起来还想打，那姑娘却走到王二的身边深情款款地说：“同学，你篮球打得真好，可以教教我吗？”

王二挠挠头有点不好意思，因为那个超远三分实在太臭了，还以为那姑娘是在讽刺自己。

那姑娘又伸出手说：“我叫小倩，护理学院的。”

护理学院是我们学校的一朵奇葩，整个学院只有八个男生，是男生幸福指数最高的一个学院。女生们把那几个男生当珍稀动物养，每次上课都抢着和那些男生同桌，不时进行色诱，即使是五官扭曲的男生，也能找到一个不错的美女当女友。

王二连忙握住那姑娘的小手，那姑娘有几分姿色，就是有点胖，好在王二就是喜欢胖美人。

就这样，王二每天晚上都和那姑娘打球，经常会搂住她的腰拍着她的屁股说："投篮姿势应该是这样，身体一定要有一定的弧度，重心放在下身，手腕要有柔韧度，你看，像我这样。"

然后又趁机摸摸小倩白嫩的小手。

这时候小倩总会转身捶捶王二说："讨厌，你慢慢来嘛。"

没过几天，小倩的前男友带着一帮机械工程学院的同学，拿着一些扳手、锤子冲到我们院要打王二，带头的是个接近一米九的大汉，一脚把我们班的门踹开，大吼："哪个叫王二，给我死出来。"

李卡当时正在呼呼大睡，哈喇子流了一桌子，直接被吓得蹦了起来，揉揉眼睛转过头问我："这群民工要干吗？"

机械男是出了名地好战，动不动就能和别人打起来，大概是因为他们院都是由像爷们儿一样的姑娘和像野兽一样的男人组成的，经常只能对锤子诉说爱情吧。

但是我们院也是出了名地能打，看到这个情况我们班男生都抄起凳子喝道："干吗呢，找事儿呢？"

王二挤到了中间，小倩前男友指指王二说："老大，就是这人，太他妈嚣张了。"

那一米九的大汉瞪着眼睛就揪住了王二，王二也反手揪住了他的领子，大家一下子安静了，往后缩了缩。

谁知王二嘴巴一咧，带着哭腔说："三雷子，这些年你跑哪儿去了，我过年给你打电话你也不接，你他妈薄情寡义啊。"

那大汉也热泪盈眶："二呆子啊，我换号码好几年了，你应该直接来我家找我啊，我他妈想死你了。"

然后两个人就一个熊抱，大家全呆住了。

原来那大汉是王二小时候的铁瓷，穿开裆裤时就在一起玩了，读初中时王二转了校，就失去了联系。

两人相逢甚是激动，准备一起出去喝酒，小倩前男友说："老大，那我的事呢？"

那大汉瞪了他一眼，说："关我屁事。"

然后两人大笑着出去喝了个酩酊大醉，此后王二和小倩更是发展神速，一个月后就全垒打了。听说小倩和王二睡了一夜后请了两天假，连床都没能下，令我们瞠目结舌。

谈了恋爱后王二性情大变，到处去找兼职，因为他的家庭条件不算好，靠生活费是养不活小倩的。

那段时间我也在做兼职，在一个酒吧当吉他手，有一次打完工走回学校，我觉得肚子很饿，就满大街找食物，那时候已经十一点多了，小吃店基本都已关门。我准备往回走的时候闻到一股香味，馋得我流口水，我就循着味道追过去，原来是一个小摊煮着牛肉丸子，翻来滚去的看上去煞是美味。

一个大婶咧开嘴问我："吃点啥，小伙子？"

我就坐在摊上，说："大婶，你这丸子好香啊。"

大婶就用勺子捞了一个给我，说："这个送你尝尝，好吃你就多买几个。"

我吃了一口，卤味入口就觉得这是我来学校吃过的最好吃的东西了，又香又美味。我一口吞下，然后就跟大婶说："大婶，给我来十个打包带走。"

大婶笑着拿碗说："好嘞！"

小摊旁边是个旅馆，在等大婶给我打包时，我看到一个姑娘被一个男人牵着进了旅馆。那姑娘仿佛是小倩，但那男人绝对不是王二，他比王二要矮半个头左右。

那时候灯光比较暗，我实在看不清楚，就快步走过去想看清楚，结果那姑娘和那男人匆匆上了楼，我满肚子疑惑，回到了学校。

第二天我把王二拉到一旁，问："你昨天晚上是不是和小倩在一起呢？"

王二一脸木讷地说："没啊，怎么了？"

我说："那你知不知道她在哪儿？"

王二一笑说："她在寝室睡觉呗，还能去哪儿。"

我点了一根烟，思考了半晌，把昨晚的所见所闻给他说了，我说："你他妈可能被戴绿帽子了。"

时至今日，我都后悔那天告诉了王二真相，而且也很后悔没有发现王二的种种不对劲。比如第三天王二喝个大醉回来睡了一天，他从来没有翘过一节课，那天却翘了一天课。比如他的话越来越少，在寝室不是睡觉就是发呆。甚至他买了一把水果刀藏在了床板底下，睡在对铺的我居然没能发觉。

其实我是个很差劲的朋友。

原来那男生是我们学校一个有名的富二代，整天开着一辆宝马X5在学校晃来晃去，看见哪个姑娘长得不错就停车吆喝："上车去玩会儿？"

绝大多数情况是姑娘上下打量一番，媚笑着问："去哪儿玩啊？"

那男人就说："想去哪儿就去哪儿呗，好玩的地方多了去了。"

然后姑娘就羞答答地坐上车，还不忘警告一番："别打坏主意啊，我是很单纯的。"

那男人就点点头，一脸奸笑。

小倩就是这么被勾搭上的，照这个情况看，应该是王二被戴绿帽子了，还傻兮兮地在外面赚生活费。

那天王二听了我的描述，就急匆匆地过去找小倩，那时候小倩估计操劳过度，还赖在寝室睡觉呢，王二给她打电话：“你下来一会儿，我有事儿。”

小倩懒洋洋地说：“什么事啊，我还要睡觉呢。”

王二就说：“就几句话，说完了你接着睡。”

小倩就说：“你就在电话里说呗，我很困。”

王二严肃地问：“你昨晚在哪儿呢？”

小倩愣了几秒回答：“陪寝室的朋友唱歌去了，很晚才回来。”

王二就叹了一口气，说：“好吧，你接着睡吧。”

过了一周，那富二代又把小倩带出去玩，正准备上车的时候，王二冲了出来一把扭住小倩的手，小倩疼得快哭了，大叫：“你放开我，好疼啊！”

王二冷冷地问：“他是谁？”

富二代就怒气冲冲地指着王二骂：“你把她放开，我是她男朋友。”

王二扭过头问小倩：“是真的吗？”

小倩就说：“你先把我放开，我马上告诉你。”

结果王二一松手，小倩就躲到那男的背后，哆嗦着不说话。

富二代就斜眼看了王二一眼，这种事情估计他已经见怪不怪了，高富帅欺负了穷小子，你一定听过这故事！

王二上去就是一拳，那厮就趴在了地上，爬起来时脸都肿了，他骂：“你他妈敢打我，我老爸认识校长，分分钟把你开除，你他妈跟我玩，真是不知死活。”

王二听到开除的时候冷静了点，想起他爸妈辛辛苦苦把他送到大学非常不容易，家里的积蓄也花得差不多了，如果现在被开除了，他不知道怎么回去见父母。

王二就冷笑了一声，甩手走了。

结果第二天辅导员就找到了他，问他：“你昨天是不是打人了？”

王二心里一沉，还是点了点头。

辅导员就冷冷地说：“你知道的，打人绝对是恶劣事件，按学校规定是要开除的。”

王二坐在椅子上，心里七上八下。

辅导员半晌没说话，打量着王二的神情，然后喝了口茶说：“不过看在你平时表现还可以的分儿上，给你记一次大过。如果有下次，就绝对不会留情了，你回去好好反思一下，写份检讨交过来！”

那天晚上小倩又找到王二，她穿着一身名牌，说：“我知道你对我挺好的，但是我不喜欢你了。”

王二冷笑一声，直直地看着她。

小倩又说："他本来是想找关系开除你的，但是我求他大事化小，你上学也不容易，别为了我耽误前途。"

王二开了口，嗓子哑哑的："你瞒我多久了？"

小倩有点羞愧，低声说："三四个月了，我不知道怎么和你开口。"

王二点点头，说："再见！"

说完这两个字，王二头也不回地走回寝室。

第二天，王二在校外堵到了那个富二代，富二代正在抽烟等姑娘，看到王二时还不屑地一笑。王二快步过去掐住他的脖子，那厮的舌头瞬间就吐了出来，王二问："你是不是有很多钱？"

富二代喘不过气，脸都青了，连忙点点头。

王二一刀捅了过去，白刀子进红刀子出，然后笑着说："有多少钱，给我说说呗。"

富二代连忙捂着肚子，眼里终于露出深深的恐惧。

王二又捅了一刀，盯着他的眼睛说："所以说我和你换命是我赚了，因为你有钱，我没钱。"

说完嘴又一咧，像在篮球场上一个猛扣时的表情！

路边的小摊贩看到这幅情景吓得连忙报了警。王二也没想着逃跑，富二代已经奄奄一息地背靠着车子捂着肚子喘气，王二就把刀子往一旁一甩，蹲在他对面抽烟。

那是王二第一次抽烟，有点呛。

不一会儿警察就来了，几个武警冲上去就把王二双手反扭，把他按在地上，几个人又把那富二代抬上救护车。

王二的脸紧紧地贴住地板，他闻到了泥土的气息，突然间很想亲吻大地。

我们得知了这个消息后，半天没能说出话来。那天的天气特别好，我们还准备晚上去打麻将，李谋甚至连吃的都买好了，其中有王二最喜欢吃的铁板牛肉。

沉默了半晌，李谋说："喝酒去吧。"

"这个世界是如此残酷，我们什么都改变不了，只能改变自己！"

那天我们喝得很多，虽然王二不那么搞笑，不那么有才，不那么风华正茂，但是绝对配得上"哥们儿"这几个字。冬天的时候都是他帮我们打开水，每次我们调侃他的时候，他也只是嘿嘿傻笑，没事的时候就拿着把拖把在寝室拖地，所以每次踢球的时候大家都喊他"托蒂"，他诚实善良，他正直可爱。

李卡拿起我的吉他，弹了一首《海阔天空》，指法还没生疏，只不过到那句“原谅我这一生不羁放纵爱自由”的时候就哽咽了，李卡把吉他往旁边一甩，喝了一杯酒，说：“×！”

天空是在那一瞬间变暗的，我侧过脸，看着余光慢慢消失在世界的边缘。

查理和彼特

彼特是杜丽养的一条狗，体格硕大性格温驯，每次杜丽回家的时候，彼特就迫不及待地扑上去，就像动物世界里面雄狮扑倒绵羊般的画面，杜丽总是咯咯笑着拍彼特的脑袋：“别闹别闹。”

查理是我捡回来的一只猫，那是个冬天，小东西跟着我走了一路，我一回头它就躲到树后，发出可怜的叫声，从饭店走到公寓有二十分钟路程，小东西跟了我一路。我觉得是一种缘分，就把它抱上楼养起来了。

都说女不养狗男不养猫，我和杜丽却做了相反的事，每周我们都会在宠物店见面，杜丽是个很漂亮的女人，可贵的是漂亮又不俗气，穿着黑裙子扎个高马尾，不施粉黛不穿金戴银，在人群中却能第一眼看到她。

我买猫粮的时候杜丽冲我笑："你的猫怎么那么胖？"

我说："你的狗也不瘦啊。"

她说："这是秋田犬，我家这位都算小只的了。"

我仔细一瞅，几乎看不见这狗的眼睛，不由得乐了。

我们住得不远，有时候我出差，就把查理托付给杜丽。猫和狗相处得很不和谐，听说动不动就打架，杜丽把查理还给我的时候气愤地说："你必须得请我吃饭，我已经失眠好几天了。"

我从她的黑眼圈看出她没有说瞎话，就请她去吃了顿海鲜。吃完饭路过一家电影院，杜丽停下脚步看着海报，我问："想看吗？"

杜丽说："我好久都没在电影院看电影了。"

我说："怎么可能呢？按理说应该有万千少男排队请你的啊。"

杜丽笑着说："那群小屁孩我才看不上呢，聊不到一块儿去。"

我说："你觉得我怎么样？"

杜丽说："不怎么样。"

我点上一根烟："别呀，怎么说我也是个夕阳情圣啊，请你看一场电影的资格还是有的吧。"

她眯着眼睛盯了我半晌，说："好吧，勉强给你一个机会。"

电影是个爱情片，到关键剧情的时候，旁边一男的接了个电话，说话声音还挺大，杜丽的眉头就皱起来了。我拍拍那哥们儿，说：“朋友，小点声音成吗？”

那男的没理会我，继续讲个不停。

杜丽拉拉我的袖子说：“算了算了。”

我站起来一把夺过那男人的手机，摔到旁边的走廊上，那男的火了，揪住我的衣领说：“你他妈谁啊，找死啊。”

我把他的手一甩，他一个踉跄摔在椅子上，爬起来就给了我一拳，我怒不可遏地和他打起来。不一会儿，工作人员过来了，把我们都赶了出去。

出电影院后杜丽说：“好好的爱情片，硬生生被你弄成武打片了。”

我余怒未消，说：“最见不得那种没素质的傻×。”

杜丽笑起来，昏暗的灯光下，这姑娘笑得无比妩媚，她说：“你脖子还在流血呢。”

我想起刚刚跟我搏斗的男人留着长指甲，不由得后悔没多给那孙子几拳。杜丽拿出一张纸巾递给我，说：“去我那儿吧，我给你包扎一下。”

我说：“你不是在银行上班吗，怎么还懂救死扶伤呢？”

杜丽说：“别提了，学了五年医，结果去银行数钱了。别贫了，待会儿伤口发炎了。”

一到家杜丽就把外套脱了，露出白皙的胳膊，我忍不住多看了两眼，杜丽说：“你别打坏主意啊，我包里还有防狼器呢。”说完拿出棉签和医用酒精凑过来。

我闻到了她身上的香味，说：“我要是现在亲你一口，你不会报警吧？”

杜丽用棉签抹着我的伤口，头也不抬地说：“你试试就知道了。”

我心一横就在她脸上亲了一口，杜丽愣住了，半晌后把救护包甩在我身边，冷冷地说：“你自己弄吧，弄完了快点走。”

我心一凉，说：“你别生气，我只是想开个玩笑。”

她背对着我：“我这人开不起玩笑。”

我说：“你有男朋友吗？”

她的语气冰冷无比：“有没有都和你没有关系。”

彼特察觉到它主人对我的敌意，冲我叫个不停，我尴尬地站起来准备走，杜丽却把创可贴塞到我手里。她的脸有点红，说：“你要是想和我好，就真心实意地来，想玩玩而已的话就去找别人吧。”

三个月后，我们住到了一起，考虑到杜丽的房子比我的公寓要大，所以我带着行李搬到她那里。

查理和彼特还是打个不停，一到晚上就听到噼里啪啦的声音。杜丽睡在我旁边说："它们总是这么闹，邻居要投诉了。"

我说："过几天就好了，和人一样，都得有个磨合期嘛。"

杜丽用化妆品抹抹脸，说："那你觉得我们磨合好了没有？"

我摸着她的腰说："还差最后一步。"

杜丽笑着打开我的手："讨厌，说实话，男人和女人好是不是就是为了这个？"

我又蹭上去："不能这么说，这只是目的之一。"

杜丽用手抵住我的脖子说："还有呢？"

我说："还有就是女人可以做家务做饭啊，对了，还可以帮忙照顾宠物，以后猫粮你顺便一起买了吧。"

杜丽感慨："男人真是浑蛋啊。"

我压上去："那我就浑蛋给你看。"

杜丽还想说话，我把灯关了。

第二天一早我就和杜丽吵架了，原因是她起床晚了，上班快迟到了。她要求我送她，但是我想睡觉，我说："你自己坐计程车去嘛，我给你报销。"

杜丽迅速地梳着头发说："不行，你送我。"

我说："你怎么这么事儿啊，我还困着呢。"

杜丽一把掀开被子，冲着我说："哪有你这样的？"

我把被子捡起来，看见杜丽气得脸都红了，都不知道她生什么气，我说："我怎么了？"

杜丽说："新鲜劲儿过了是吧？你追我那时候天天送我上班呢。"

我揉了揉脑袋："你怎么会这么想？我今天真的很困。"

杜丽红着眼睛看着我，一副受了天大委屈的样子，我摸摸她的脸说："乖，自己去，我下午去接你。"

杜丽甩开我的手，坐在床边不说话。

时间一分分过去，已经过了八点半了，我说："你这是什么意思，难道以后一年三百六十五天我必须天天送你上班吗？我自己也要有点私人自由吧。"

杜丽说："你以前都不是这样的，过了昨晚就变了。"

我说："我怎么变了？"

杜丽说："男人都一个德行，到手了就不在乎了。"

我无奈地摊开手，说："你要这么想我也没辙，不过我建议你还是快点去上班，免得被领导批评。"

杜丽说："我不上班了。"

我说："也行，那你跟领导请个假吧。"

杜丽说："我也不请假。"

我哭笑不得："那你不干了？"

杜丽突然就哭了，她说："不干就不干了，你还笑，你个王八蛋。"

说完就把被子大力地扯住摔到床下，我的手机也被带着摔到地板上，屏幕粉碎，我的忍耐到了极限，冲着她吼了句："你他妈的发什么神经？"

杜丽被我吓住了，彼特却从阳台冲过来冲我龇着牙，一副要扑上床咬我的样子。我起床穿好衣服对杜丽说："算我怕了你，走吧。"

一路上我把车开得飞快，杜丽坐在副驾上有点害怕，她颤抖着说："你慢点儿，慢点儿。"

我把车速放慢了点，把她送到银行门口，她下车冲我说着什么，但我直接掉头快速开回家了。

下午杜丽给家里打了几个电话我都没接，闷在房里看书。六点多的时候，杜丽回来了，提了一大袋子菜，递给我一个东西，我打开一看是新手机。我把它放在桌子上继续看书，杜丽也没说什么，去厨房忙个不停。

不一会儿我闻到了香味，杜丽在厨房喊了声："吃饭了。"

我没理会，过了几分钟，杜丽过来拍拍我的肩膀，说：“吃饭了，大文豪，吃个饭的时间耽误不了你冲击诺贝尔奖。”

我被她逗乐了，跟她一起去吃饭。

查理从凳子上跳到桌子上偷鱼吃，被我用筷子敲了下脑袋，它可怜地叫了一声，杜丽笑着把一条小鱼丢到它的小碗里：“吃吧，小馋猫。”

晚上睡觉的时候，杜丽趴在我胸口说：“以后咱们别吵架了。”

我说：“好，我是一个和平主义者，只要你不对我发动战争就行。”

杜丽拍拍我的脸说：“你呀，还真是得理不饶人的小男人。”

我说：“我觉得你有暴力倾向，你以后不会抄刀子砍我吧？”

她眨眨眼说：“那可说不准，你要是对我不好，我就杀了你，然后逃到非洲去。”

我笑了笑，觉得好像有什么不对劲，杜丽兴高采烈地摇摇我的胳膊：“你听，它们俩终于不打了。”

我们下床偷偷走到阳台上，查理和彼特挨在一起睡着了，我和杜丽相视而笑。

隔壁搬来两个小姑娘，都是刚毕业出来找工作的。有一天我正在写稿子，听到门响个不停，一开门看到一个秀气的姑娘，穿着短裙、凉拖，小腿跟白藕似的，她冲我笑："大哥，能把拖把借给我们用下吗？"

我给她拿了拖把，她却得寸进尺地说："大哥你人真是太好了，顺便帮我们搬下东西吧，我们都是弱女子。"

小姑娘既然开了口，我只得下楼帮她搬家具，太长时间没运动了，累得我够呛。

好不容易把房子弄干净，小姑娘留我吃中饭。她叫周琪，和她一起住的是她同学，叫方静，两个姑娘去厨房叽叽喳喳做了半天，端出来三盘惨不忍睹的菜，我不由得笑道："你们不怕把自己毒死吗？"

方静羞红了脸，周琪却若无其事地说："这已经是我们的最高水平了。"

我撸起袖子："我给你们露一手。"

我做了几个家常菜，把两个小姑娘馋得流口水，周琪吃得赞不绝口，说："刘兮，看不出来你还是个居家好男人啊。"

我用筷子敲敲碗："叫刘哥。"

她像抢饭似的夹菜："你比我也大不了几岁，摆什么架子。"

吃完饭后我们玩起了三国杀，方静比较老实，总是输，周琪诡计多端，总是留着杀牌对付我，我也玩得兴起了，一不留神到了六点多。杜丽回来听到我和周琪的笑声，就走过来敲门。

周琪穿上拖鞋开门，问杜丽：“您是？”

杜丽看到我和方静坐在床上打牌，眼神变得有点冷酷，然后扭头就走，把自家门摔得一声巨响。

我回去后看到杜丽坐在沙发上不说话，就问：“怎么了，是不是领导又给你小鞋穿了？”

杜丽说：“不是。”

我笑着翻翻书：“那怎么脸色难看得就和挨了一记闷棍似的？”

杜丽愤怒地站起来，指着旁边的墙问：“旁边是哪个姑娘啊，你怎么跑到人家床上去了？”

我说：“刚搬来的邻居。”

杜丽说：“刚搬来的邻居你就跑人家床上去了，那再过几天你是不是要把她弄来我们床上啊？”

我说：“你说话怎么这么难听？”

杜丽冷笑：“我说话还难听？你看那姑娘穿得像什么样，裙子短成什么样，就跟一野鸡似的。”

我说：“人家在家爱怎么穿怎么穿，你还是名牌大学毕业的，说话请注意点素质。”

杜丽说：“哟，你还护着别人呢，是不是看人家年纪小兴趣来了？要是的话你直说，我还可以给她腾地方。”

我有点火了，不再理她，走到书房看棋谱。

杜丽却不依不饶，夺下我的书，眼眶红红地看着我，我又拿起旁边的一本文言注解，杜丽又夺下我的书撕成两半，我一拍桌子：“你到底要干吗？”

杜丽说：“你还有脸发火？”

我说：“我怎么了，我是和人家通奸了还是吃喝嫖赌了？好，就算我和人家上床了，又怎么了，我们他妈还没结婚呢，你管得着我吗？”

杜丽把旁边的茶杯砸过来，我急忙闪过，茶杯在墙上摔得粉碎，我怒不可遏地吼道：“你他妈疯了？”

杜丽又把电脑一推，电脑摔在地上，屏幕暗下去了。杜丽哭着叫：“我就是疯了。”

我笑着说：“那你接着砸吧，砸完了大家拜拜。”然后坐在椅子上笑嘻嘻地看着她。

我刻薄的笑彻底点燃了杜丽，她一件件地砸东西，我无法把眼前这个女人和她当时温柔迷人的样子联系起来，彼特和查理被女主人的举动吓得发抖，一个小时后，家里一片狼藉。

我坐在一堆碎片中说：“砸完了没？砸完了我走了。”

说完我就站起来抱起查理去开门，杜丽却蹲在地上号啕大哭，就像一个没买到玩具的孩子，让我觉得有点可怜。查理从我的怀里跳下去，跑到杜丽腿边蜷起来。

杜丽哽咽着说：“你走吧。”

不知道她是在对我说还是对猫说，我叹了一口气，把她拉起来，拿起扫把开始扫地。杜丽用纸巾擦擦脸说：“你别扫了，待会儿我收拾。”

我把垃圾倒到篓子里，说：“你刚刚那么大运动量，该休息一会儿。”

杜丽眼睛还涌着泪，被我这句话给逗笑了，她撇着嘴说：“你不是要走吗，怎么不走了？”

我又把书架扶好，说：“查理都不走，我一个人走多孤独啊。”

杜丽笑着把查理抱到怀里，轻轻摸它的头，说：“还是你对我好。”

第二天，杜丽买了一大堆东西回来，我笑她：“要你昨天别那么大火气，砸了还不是得自己买？”

杜丽边拿东西边说：“我有钱，你管不着。”

经过半天的归置，家里恢复了原貌。我们躺在沙发上看电影，门铃响了，我开门后发现是周琪，她笑嘻嘻地拿着一袋葡萄问我：“不让我进门吗？”

我有点尴尬，杜丽走过来笑着说：“你是刚搬过来的邻居吧，小姑娘长得真好看。”然后拿出一双拖鞋放在地上。

周琪笑眯眯地进来，对杜丽说：“你是刘哥的爱人吧，哎哟，家里装修得真好，哇，小猫好可爱啊。”然后想去抱查理，查理叫了一声跑远了。

杜丽招呼她坐下，周琪把葡萄递给我们吃，杜丽摇摇头：“我不吃酸东西。”

周琪说：“一点都不酸，特甜。”

两个女人就开始聊起来，我听着无聊就去睡午觉，醒来的时候看见杜丽一张白皙的脸贴着我，眼睛瞪得滚圆。我差点从床上滚下去，说：“吓鬼呢？”

杜丽笑着盯着我：“那小姑娘挺有意思的，我要是男人肯定喜欢那一款。”

我穿好衣服说：“该喜欢喜欢你的，我要回家了。”

每个周六我都回父母家，杜丽站起来说：“我跟你一起去，我也是时候确立地位了。”

我妈看见杜丽高兴得不得了，做了一大桌子菜，我爸看起来心情也不错，开了瓶好酒给我倒上一杯，边喝酒边问我最近的情况。

吃完饭杜丽站起来帮我妈收拾厨房，我爸小声问我：“认识多长时间了？”

我用遥控器调着电视机，说：“有大半年了。”

我爸满嘴酒气地说：“这丫头不错，是过日子的人，你年纪也不小了，是时候结婚了。”

我的心里咯噔一下，说：“我从来没想过结婚的事。”

我爸给了我一下，说：“你不急老子还急呢，过几年我都老了，怎么带孙子孙女？”

回到杜丽的房子里，她洗完脸睡在我旁边，问我：“我已经见过家长了，明天你是不是也见见我妈？”

我装醉，趴在床上不说话，杜丽踢了我一脚，我嗯嗯两声翻了个身。

杜丽骂了声猪，气呼呼地关上灯。

我还没做好结婚的准备，我一直觉得自己是个没定性的人，也很享受这阶段的生活。两个人能享受恋爱的甜蜜，又有着自己的个人空间，而婚姻就是用两张证书强行把两个人绑在一起，开始的时候，也许还会觉得挺温馨的，但是慢慢就硌硬了，因为实在绑得太紧了，对方的缺点都无比清晰地展现在自己面前，要么要求对方改变，要么强迫自己接受。

对方不改而自己又接受不了的时候，爱情就死了。

第二天杜丽刚出门，乔云和木头就过来找我了，一进门木头就嚷嚷起来："我×，你媳妇的房子够大啊，值个百十万吧。"

我招呼他们坐下，乔云好像不怎么高兴，平时能说善道的他在沙发上抽闷烟。

我做了个火锅，炒了几个家常菜，问他们："喝什么酒？"

木头逗着彼特，说："有什么喝什么，只要不是敌敌畏，哥们儿照单全收。"

我把白酒全部拿了出来，乔云还没坐下就灌下一口，我说："你干吗啊？脸色怎么这么差，是不是股票又赔了？"

乔云苦笑一声，又给自己倒满，木头说："他和他老婆离婚了，昨天上午离的。"

我坐下和他们碰碰杯，问乔云："怎么搞的，你们才结婚两年啊，是她在外面有人了？"

乔云摇摇头，说："当初结婚就是个错误。"

酒过三巡，乔云给我倾诉了她媳妇的种种恶习，包括起床不叠被子，爱去美容院乱花钱，对他妈不礼貌，还有做爱时爱玩手机，我和木头听得瞠目结舌。

木头说："你老婆看起来不像那种人啊。"

乔云指着木头："注意称呼，是前妻。"

木头把称谓改了又说了一遍，乔云说："隔远了看，我前妻确实不错，人长得漂亮又能赚钱，但是真正朝夕相处了，我发现她就像精神分裂似的，在人前一个样，在我面前又是另一个样，有外人的时候话不多说，装得特别温柔贤惠，晚上就像机关枪似的啰唆个不停，不戴耳机我根本睡不着。"

我吃了口菜，问："你的意思是，她不真实？"

乔云一拍桌子，说："对，就他妈是这个，太不真实了，过日子又不是演戏，何必把美好的一面都留给外人，最难看的一面对着爱人呢，太累了。"

我若有所思地点点头，给他们倒酒，却发现没酒了。

我在家里找了一圈，也没找到，木头敲敲桌子说："老板太不仗义了，这才刚开始就把酒给断了。"

我笑着骂了他一句，拿上钱出门给他们买酒，一开门就看到周琪，穿着碎花裙子买了一大堆零食正开门。

周琪笑嘻嘻地问我："你红光满面的出去干吗？"

我说："喝了点酒，家里的酒喝光了，准备下去买点。"

周琪说："别买了，我屋里多的是。"

我半信半疑地问："真的假的，你一姑娘难道也借酒消愁？"

周琪说："你回去等着吧，马上给你送去。"

三分钟后，周琪真的抱来几瓶好酒，还端来一盘花生米，我说："一起吃点吧，牛肉火锅。"

周琪拿起筷子吃了一口，辣得直吐舌头。

周琪说："你家辣子是不是不要钱啊，这么辣？"

我们三个男人都笑了，周琪又吃了几筷子要走，我问她："你的酒多少钱？"

她瞪了瞪我，气冲冲往外走，我拿上钱包拉住她，她踢了我一脚，说："你这人真没劲。"

我说："那下次我做不辣的火锅，请你吃饭。"

她转怒为笑，笑嘻嘻地说："这还差不多。"

周琪走后，木头吞了口口水说："这小丫头有味道。"

我喝得飘飘然了，说："那当然，老子的小妾。"

他们两个起哄："你牛×就把她给办了。"

我喝了一大口酒："早就办了，只要杜丽不在，老子就在那边睡觉。"

两个人看出我在吹牛，都对我竖起中指。

我们从中午喝到晚上，火锅吃得只剩下几片青菜，木头连话都说不清了，乔云一会儿哭一会儿笑。这时候杜丽下班回来了，看着我们那样，皱皱眉头坐在沙发上不说话。

我摇摇晃晃地站起来上了个厕所，对杜丽说："你下楼买点卤菜去，再带两瓶酒。"

杜丽阴着脸："还喝啊？"

我说："这才到哪儿啊，毕业的时候我们三人挑了隔壁班的两桌。"

木头红着脸附和："是啊，妈的那群小子全吐了，我们三个还玩斗地主呢。"

杜丽说："我今天身体不舒服，要不你们改天再喝吧，我想休息了。"

杜丽冲乔云和木头笑笑，露出恳求的眼神，乔云连忙站起来，对杜丽说："好好好，嫂子你好好休息吧，我们就先走了。"

然后拉起趴在桌子上的木头，要往外面走，我拦住他们，对杜丽说："你什么意思，轰我哥们儿是吧？"

杜丽疲倦地说："不是。"

我吼道："什么不是，我们哥们儿几个月才聚一次，你他妈的一回来就轰客人走，什么意思？"

乔云连忙拉我："别这样别这样。"

杜丽说："我今天真的很累。"

我感觉胸腔里的一股火焰顺着血液冲到脑袋，一脚踹翻桌子，杜丽吓得一抖，我吼道："你他妈的累什……"

乔云用力按住我，大声说："你他妈发什么神经，有话不能好好说吗？"

木头也醒酒了，拍着我的背："别动手，我们先走，过几天再聚。"

然后转身对杜丽鞠躬，说："嫂子，你别生气，这王八蛋喝醉了。"

我喘着粗气说："我和你们一起走。"

杜丽红着眼睛看着我，我拿上外套瞥了她一眼，跟着木头、乔云一起出了门。

那天晚上我没回去，在乔云家睡了一晚，第二天回去的时候，屋子已经被收拾得干干净净，我看了会儿书就到隔壁找周琪聊天。

周琪跷着二郎腿，边嗑瓜子边说："昨天你们干吗呢，摔摔打打的，比装修还闹腾。"

我笑着说："是不是打扰你睡觉了？"

周琪说："我没那么早睡，我喜欢看两集电视剧再睡。"

我说："国产电视剧确实挺催眠的。"

周琪说："我有那么庸俗吗？我看的是美剧。"

正聊着天杜丽回来了，我看到她站在门口没搭理她，继续和周琪聊天，她脸色苍白神情冷酷，周琪给她搬凳子："嫂子，坐一会儿吧。"

她强颜欢笑地摇摇头，回了自己家。

周琪严肃地对我说："你怎么这样，媳妇回来了都不说说话？"

我说："谁说她是我媳妇，我在法律意义上还是单身呢。"

周琪把我推出去："滚，快回去，我这儿不收留单身闲汉。"

如我所料，那天晚上我和杜丽又爆发了一次争吵，比上次更加激烈，我们对彼此进行了不堪入耳的人身攻击，杜丽骂我："成天装青年作家，写的书都卖不了十本。"

我回击："你他妈的装什么女白领，谁知道有没有陪睡过。"

杜丽气得脸发白，说："我陪谁睡也不陪你睡，不靠你爹妈你活得过二十岁吗？听说你毕业后就没干过一份正经工作，你就是一混混，啃老族！"

我冷笑："你干过的工作倒是很多，你姐们儿说你去夜店当过酒托，当时还喜欢上了一个摇滚青年，结果别人睡了你三天就把你蹬了。”

这是杜丽的死穴，是不能揭开的伤疤，杜丽抓起旁边的水果刀就冲过来，我心里一颤，却强作镇定，说：“你想干吗，杀人灭口？”

杜丽哭着大叫：“你别气我，别气我。”

刀尖在我面前不停地发抖，杜丽的五官都有点扭曲了，我说：“你把刀子放下。”

杜丽已经崩溃了，她哭着说：“你给我道歉！”

我说：“你先把刀子放下。”

刀已经快抵住我的脸，杜丽绝望地说：“你根本就不爱我，你就是玩玩而已，你根本就不爱我……”

我猛地站起来想夺下她的刀，她却本能地挥手，我的胸口一凉，地板映成了红色。

我的白衬衣瞬间成了红色，我的脑子炸了。

杜丽尖叫着丢掉刀，抓过旁边的枕巾过来捂住我的伤口，我反手一巴掌把她打到床上，愤怒地说：“你他妈别碰我。”

杜丽脸上起了五个指印，却还是扑过来，她的眼泪滴在地上，混在我的血液里，就像一幅油画，她说：“我送你去医院。”

我再一次推开她，跑到卫生间拿了条毛巾捂着胸口，然后开门出去。

深夜十二点，我跌跌撞撞地下楼，我觉得腿开始发软，坐在满是灰尘的楼梯里，我感觉力气一点点在流失。

我迷迷糊糊地打了个电话，然后昏厥了过去。

再次醒来的时候是在医院，看到我妈满眼是泪，她哽咽着说：“你还疼吗，要不要我去叫医生？”

我摇摇头，扭过头不敢看我妈伤心的脸。

我的伤口缝了二十几针，就像一条蜈蚣蜿蜒在我的胸膛，终点是我不会爱人的心脏。

第二天杜丽提着一堆吃的过来，她的眼睛肿得可怕，对我说：“对不起。”

我咬着牙说：“没关系，我们分手吧。”

杜丽说：“我答应你，等你好了我们就分手。”

说完打开饭盒，里面有热腾腾的鸡汤，我甩手把饭盒打在地上，伤口疼得我额头上布满冷汗，我说：“你滚。”

杜丽蹲在床边拉着我的手，哭着说：“我求求你，你让我照顾你几天，等你好了我们就分手，我绝对不缠着你。”

她的样子真可怜，我叹了口气躺到床上，拉上被子盖住脸。

那几天杜丽天天给我做吃的，扶着我去上厕所，晚上的时候就坐在旁边静静地看着我，我们基本上没说话，但是我觉得，这几天是我们相处最好的时候，真悲哀。

两个月后我去杜丽那儿收拾东西，她做了一大堆吃的，我把东西整理好后，她笑着说：“再陪我吃顿饭吧。”

她的笑容中有着哀求，我就点头坐在桌子边。

她问我：“能喝点酒吗？”

我说：“喝点吧。”

她笑眯眯地倒上酒，和我碰杯：“祝你以后找个好姑娘。”

我笑笑，把苦酒一饮而尽。

她脸色微红地问我：“现在我们不是男女朋友了，你能和我讲讲实话吗？”

我问：“你想听什么？”

她说：“你觉得我是个怎样的女人？”

我说：“漂亮。”

她不满地看着我：“除了这个呢？”

我说：“独立自主，勤学上进。”

她吃了一口菜，说：“你再多夸夸我，以后就没机会了。”

我说：“别呀，你也夸夸我啊，我这个人也是需要表扬的。”

她说：“你这个人很有想法，也很有才华。”

我说："没啦？"

她扑哧一下笑了，说："其他的我还没想到，或许是你没表现出来。"

我说："这就是你对生活的观察力不够，我优点数之不尽，比如说，我爱干净，每天早上都把家弄得一尘不染。"

她趴在桌子上笑个不停，那天我们聊了很久，天色变黑后，我站起来要走，查理和彼特还是蜷在一起，我把查理抱起来往门外走，查理感到很惶恐，发出不舍的叫声。

杜丽跳起来从背后抱住我，她用手摸着我胸口的伤疤，我觉得我的后背湿漉漉的，她低声说："你不会忘记我的，对不对？"

彼特摇着尾巴对着我汪汪叫，查理挣扎着要从我的怀里跳下去。

关上门的那一刻，我觉得自己好像突然老了几十岁，无比疲倦和失落。

杜丽履行了她的承诺，再也没有出现在我的世界里，有时候开车路过她上班的地方，我会停下十几分钟，看看有没有熟悉的身影出现，可惜从没等到过。

不知道什么原因，查理开始不吃东西，变得越来越瘦，我带它去宠物店，宠物医生也查不出来什么原因。

出门的时候查理突然从我的怀里跳出去，飞奔到一个笼子前，兴奋地叫个不停。

彼特在笼子里也大叫，用舌头舔着查理的脑袋。

我问那宠物医生："这条狗怎么会在这儿？"

宠物医生问："怎么了？"

我说："这是我一个朋友的狗。"

宠物医生说："哦，是个年轻的姑娘吧，她出国了，听说是去了非洲的哪个国家，宠物带不过去，就放我们这儿了。"

我问："是去旅游吗？"

宠物医生说："应该不是，她说以后不再回来了，让我们给狗找个好主人，对了，你想养吗？"

我揉揉眼睛蹲下，彼特在笼子里看着我，我第一次看到狗在哭泣，原来有时候动物比人更懂得珍惜感情。

心宿二

热血经常会澎湃
在我们的胸腔

英雄本色

三年前，我第一次看到大骏抓贼，那时候我们正坐公交准备去吃晚饭，大骏没穿警服，笑着和我说不醉不归。

我打电话给其他几个同学，突然间大骏就从座位上跳起来，扑到后门处扭住了一个长头发少年，车厢内一阵骚动，女乘客发出惊叫。

大骏把那小子双手反扭，大喝：“东西拿出来。”

长头发少年痛得大叫：“你干什么，你神经病吧？”

大骏没有理会，直接把他摁在地上，从他上衣内侧搜出三个钱包，车厢内有人大叫：“我×，我的钱包。”

长头发少年猛地挣扎着跃起，从腰间掏出来一把刀，疯了一般乱挥几下。其他乘客怕被误伤，纷纷后退，狭小的车厢内一片混乱，大骏冷冷地看着那少年，用冷静的语气说：“小兄弟，偷个东西不是什么大罪，你跟我回去做个笔录，我看你是未成年人，关几天就出来了，你别把事情搞大了。”

少年情绪很不稳定，大叫着：“你别过来，我不能去坐牢。”

大骏直直地看着那少年，公交车司机看事情不对，缓缓地停下了车。少年又把刀子挥了两下，准备下车逃走，这时候大骏出手了，他大吼一声扑了过去，少年完全被吓住了。大骏闪电般一脚踢飞少年手里的刀，接着一巴掌甩到他头上，那少年整个人被抽得摔出车外，大骏也跳下车，把那少年按在地上。

我也急忙下车，大骏看了我一眼，说：“把你皮带解下来。”

我有点发蒙，说：“啊？”

大骏无可奈何地摇摇头，解下了自己的皮带，把那少年的双手捆在了一起，把钱包还给了失主，押着少年往回走，我默默地跟在后面。那时候是十二月份，冷风一阵阵刮进我们的脖子，我不由得打了个喷嚏。

大骏笑着对我说：“你跟着我干什么，你先去馆子里等着呗，我把这小子弄回去就过去。”

那少年却扑通一下跪在地上，哭着对大骏磕头：“警察大哥，你饶了我这一次吧，我以后再也不敢了，我爸爸得了大病，家里拿不出钱我才偷东西的，我家里需要钱。”

大骏冷冷地说：“别来这套，站起来。”

少年不停地磕着头，天气太冷了，这少年穿得很少，冻得脸色发青，他的眼泪污浊地挂在下巴边，颤抖着说：“您放过我吧，我以后再也不敢了，我说的是真的，我爸爸的住院单还在我口袋里，我不能去坐牢的。”

大骏眉毛颤了颤，把那少年整个提了起来，在他上衣口袋里翻出一张纸，看了半晌递给我，问：“是不是真的？”

我看完后说：“我也不是医生啊，不过看起来像是真的。”

大骏叹了口气，把那张纸塞回少年的口袋，解开了少年的手，少年浑身发颤，眼神复杂地看着我们。

大骏吼了句：“看他妈什么看，老子就信你这一次，如果再让我看到你偷东西，老子直接把你的手打断，滚！”

少年连忙擦干自己的眼泪，对着我们鞠了三个躬，快步走远了。

那天晚上我们喝了很多，老同学好长时间没聚了，大家兴致都很高，地上一堆啤酒瓶子，大骏舌头有点大了，说：“你们谁还不服？”

大家都趴在桌子上，无力地说：“服了服了。”

大骏嚣张地笑笑，坐回椅子上喘着粗气。

埋单的时候大骏就像打拳击一样抢着付钱，边掏钱边说：“你们这群王八蛋，都别跟我抢。”

服务员小妹笑着问：“要发票吗？”

大骏说：“不要，我们都是劳动人民，没地方报销。”

大家哄笑起来，小妹脸红着走远了，走到门口还回头偷瞄了大骏一眼。

大骏结婚那天我们早早地去了，都在猜测新娘子是谁，大家甚至打起赌来，有的赌是警队的警花，有的赌是大骏大学时候暗恋的姑娘，还有的赌是女白领，在大骏英雄救美后主动献身的。

中午的时候，大骏西装笔挺地过来了，派了一圈烟，问我们：“哥几个在聊什么呢？气氛这么热烈。”

我说：“你小子太不够意思了，上个月碰到你，还说是单身呢，这么快就结婚了，动作也太迅速了吧？”

大骏嘿嘿一笑，说：“幸福来得太突然了，我也没辙啊。”

大家起哄：“少他妈扯淡，把新娘拉出来我们欣赏欣赏。”

新娘一出来大家都傻眼了，居然是那个服务员小妹。她笑眯眯地挽着大骏的胳膊跟我们打招呼，良子站起来说：“大骏，怪不得你总是把我们拉去那家餐馆吃饭呢，原来居心不良啊。”

大骏笑着骂：“滚蛋，我有那么奸猾吗？”

大家都祝福了他们，以为大骏终于过上了幸福的生活，谁也没想到，只过了三天，大骏就躺进了医院。

那天大骏值完晚班往家走，听到一阵喧哗，定睛一看，发现一个小区起了火，黑色的浓烟源源不断地从楼上窗户里涌出来，一些没穿衣服的男女哭爹喊娘地从楼道跑了出来，大骏冲过去问："里面还有人吗？"

一个胖子喘着粗气说："我爸还在里面呢，烟太大了，我……"

大骏揪住胖子恶狠狠地说："你连你爹都不管？"

胖子眼泪都快下来了，说："我爸已经七十多了，我才四十岁呢，我……我还要养家呢。"

大骏把他推在地上，问："你住几〇几？"

胖子没反应过来，呆呆地看着大骏。

大骏吼了一句："你住几〇几？"

胖子回过神，连忙说："六〇二，六楼左边的就是，英雄，你一定要把我……"

大骏没有理会他，用矿泉水把围巾淋湿，捂上鼻子就冲了进去。一进楼道，大骏就觉得眼睛刺痛，眼泪弥漫了他的眼眶，他使劲揉了揉眼睛，快步往上冲，越往上走越觉得呼吸困难，爬到四楼的时候大骏弯腰咳嗽了两声，那一瞬间他想起来很多事，想到了家里温柔的妻子，想到了两鬓斑白的双亲，他的小腿开始发抖，考虑着是否原路退回去，什么东西有自己的命值钱呢？

但是仅仅犹豫了一秒，他就重新握紧了拳头，急速地往上冲。

十分钟后，大骏把老人背下来了，大骏的脸上被划了一个大口子，膝盖也涌出血来，跑出来的那一刻，大骏脸色发青、眼睛血红，就像刚冲锋过的士兵一样。

他把老人放在地上，抬头看了看天空，往前走了一步就重重地倒在地上，围观群众连忙把他送去了医院。

我们赶去医院看望他时，他已经醒了，新婚妻子正在喂他吃饭，大骏幽默地说："我以后就不帅了，你不要嫌弃我啊。"

他老婆笑眯眯地说："不嫌弃，男人有几道疤更帅。"

大骏嘴角上扬着说："我大腿那儿还有一道疤，过几天给你看看。"

他老婆红着脸说："讨厌，认真吃饭！"

我们咳嗽了两声，大骏和他老婆都吓了一跳，他老婆估计是害羞了，把碗一收跑到外面去了，良子坏笑着说："行啊，大骏，都到病床上了还不忘打情骂俏呢？"

大骏嘿嘿一笑，说："我只是皮外伤，重要零件丝毫未损呢。"

闲聊了几句后，胖子来医院感谢大骏了，提着一大堆东西，胖子拉着大骏的手感动地说："您真是一位大英雄。"

大骏嫌弃地甩开他的手："我不是什么英雄，我只是个普通的警察。"

胖子讪讪地笑了笑，说："您……您真是个好警察，我爸说您是当代的活雷锋呢。"

大骏说："你把这态度拿去对你爹吧，把东西全部拿走，我不需要。"

胖子愣了愣，又说了几句客套话走了，走出病房的时候瞥了大骏一眼。

那胖子是杂志社的编辑，被大骏一盆冷水泼走后，觉得大骏既然不图钱，那就炒个大新闻让大骏出名，也算是报恩了。大骏出院的时候被几个记者围住了，一个戴着金丝眼镜的男人问大骏："马警官，请问当时您怎么有勇气冲进去救人的？"

大骏皱着眉头，说："我忘记了。"

那男人继续问："您在火场的时候害怕吗？"

大骏说："当然怕了，随时都会没命的，搁你估计你都尿裤子了。"

旁边一个扎着马尾的姑娘又问："您真是一个英雄，您做出这么舍己为人的事，是警队培养的结果吗？"

大骏愣了愣，把那群记者推开，坐进计程车离开了医院。

过了几天报纸出来了，大骏一下子成了红人，走在街上经常被人家认出来，他老婆感到很骄傲，吃饭的时候对他说："现在这座城市除了谢霆锋，就数你火了。"

大骏大口吃着菜："我和谢霆锋有什么关系？"

他老婆给他添饭，笑眯眯地说："谢霆锋周六要来开演唱会啊，我还想着去看呢，他是我青年时代的偶像。"

大骏说："我周六要出勤啊，没时间陪你去。"

他老婆说："你有时间也没用，票都卖完了。"

那时候已经到年底了，警队策划了一次抓赌行动，有几个酒店经常有人聚众赌博，群众举报了很多次。周六的时候，大骏和几个同事挨个查房，听到麻将机的声音就直接开门冲进去，斩获颇丰。

查到三楼的时候，发生了一件比较尴尬的事，良子和几个人正在打麻将，被抓个正着。良子看着来势汹汹的警察不知所措，他看了大骏一眼，却没有说话，抱着头蹲到墙边。大骏把他拉了起来，说："蹲他妈什么蹲，要你蹲了吗？"

良子说："你……你要大义灭亲啊？"

大骏笑了两声，对其他的警察说："这些都是我大学同学，他们玩的都是小麻将，算不上赌博的吧？"

其他警察也很给面子，到处看几眼就走出了房间。

良子喘着粗气，摸着自己的胸口说："吓死我了，还以为要到号子里过年呢。"

大骏踢了他一脚："尿样。"

良子递给大骏一根烟："不会让你难做吧？"

大骏把烟接了过去却没抽，他盯着良子的眼睛："如果你做了伤天害理的事情，就算你是我亲兄弟我也照抓，不过就这点事，犯不着上纲上线。你们几个回去陪陪父母吧，好不容易放几天假，成天打麻将算什么事。"

良子感动得说不出话，大骏给了他一下，笑着走远了。

那天收队的时候带回了十几个涉赌人员，在车上的时候一个光头抱怨："妈的，我女朋友要我晚上陪她去看演唱会，我票都买好了，被你们几个王八蛋拉过来打牌，这下好了，只能去牢里听相声了。"

旁边一个警察大喝："不准说话！"

大骏的眼睛亮了下，坐到光头旁边问："是不是谢霆锋的演唱会？"

光头说："是啊，票贼难买。"

大骏问："票在身上吗？"

光头连忙把票掏出来，双手递给大骏："警官，这两张票送你了，要不你通融一下把我放了吧，我真是第一次赌。"

大骏把票接过来看了看，然后掏出钱包数了一沓钱给光头：“你把票卖给我吧，反正你也用不上了。”

光头死活不收钱，说：“送你了送你了，你跟你们领导说说，少关我几天，我还打算年底结婚呢。”

车内一阵哄笑，大骏拍了一下光头的脑袋：“自己好好表现，关不了几天。”说着把钱硬塞在光头怀里。

晚上的时候，大骏和他老婆去看了演唱会，在人山人海中他老婆大声说：“老公，你真是个大英雄。”

大骏扯着嗓子问：“你说什么？”

他老婆凑到他耳边重复了一遍，大骏搂住他老婆，在她脸上亲了一口。

周围的人一片沸腾，他老婆脸红红地扯着大骏的袖子：“老公，你看你看。”

大骏扭头一看，在大屏幕上看到了自己和妻子紧紧相依，那一刻，每个人都盯着舞台上光彩夺目的明星，只有妻子含情脉脉地注视着自己。

大骏笑了，被人夸了那么多句英雄，都没有这一刻值得骄傲。

光辉的前夜

子弹比我大两岁，是我见过的最有女人缘的少年。

当时他染着黄毛，脖子上系着一颗子弹头，总喜欢在街上靠着电线杆吐烟圈。他告诉我，女人最喜欢有阳刚之气的男人，所以宁折不弯的男人最有女人缘。他胳膊上文着一把斧头，夏天的时候他总是喜欢穿背心露出肱二头肌，在球场上打球时只要有姑娘围观，就想方设法去盖人家的帽，盖到了就捶捶自己的胸肌，大吼一声，往往能引来姑娘的尖叫。

那时候我还没长高，也没有什么胡子，想阳刚也阳刚不了。我喜欢上了一个姑娘，我觉得姑娘不一定只喜欢那种纯爷们儿，我们这种干干净净的文艺款也应该有市场。

所以我动不动就给姑娘写情书买小礼物，知道那姑娘喜欢散文，还去书店买了本余秋雨的书送给她。

谁知道在一个雨天，姑娘把我约出来说：“你以后别送我东西了，我不喜欢你。”

我有点失落，问：“为什么啊？”

姑娘红着脸说：“我喜欢子弹，你以后别纠缠我了。”

说完翩翩而去，雨点砸在我脸上，我不禁感慨，这他妈的真就只余下秋雨了。

经过两天的反思，我觉得子弹的话是有道理的，青春期的姑娘不懂文艺又不爱慕虚荣，只能靠荷尔蒙去吸引了。我开始和哥们儿踢球，在球场上健步如飞，有时候一个抽射进球后还能听到姑娘叫：“刘×，你真帅。”

子弹身边美女不断，每次去食堂的时候他身边都坐着一个长发飘飘、身材凹凸有致的姑娘，有时候姑娘还会把盘子里的牛肉给子弹吃。我们一边嫉妒子弹的豪华大餐，一边眼馋姑娘的秀色可餐。

我对子弹严肃地说：“下次你要么把牛肉让给我吃，要么就把姑娘让给我，不然你这样会遭天谴的。”

子弹拍拍我的胳膊，大笑而去。

子弹每次出门前都要喷点廉价香水，这让我非常不解。我觉得纯爷们儿身上有香味会不搭，子弹却告诉我，姑娘都喜欢和香喷喷的肉体睡觉。说实话，这句话让当年未经人事的哥们儿根本把持不住，就觉得脑海里掌控世界观的那个小人儿直接被这句话给轰死了。

有一次放假前的下午，子弹到我教室门口找到我，说要和邻校的混混打架，要我也过去。

我有点忐忑，却还是过去了，当时那群混混人数比我们多一点，纷纷叫嚣却没人动手，我们这边也大声回骂，气氛貌似很紧张，其实很滑稽。

我觉得喉咙有点不舒服，就朝地上吐了口口水。

谁知道对面一个平头指着我骂：“×你妈，你还敢呸老子，你给我出来。”

我怒不可遏地冲过去给了他一拳，两伙人全静下来了，当时哥们儿也蒙了，他妈的他们全是抱着试镜的态度来的，就我一个人是抱着演戏的态度来的。

这时候子弹连忙把我拉回去，冲对面说：“今天就算了，下次别让我遇到你们。”

对方也放了几句狠话，两伙人就散了，子弹推推我的胳膊说：“你彪啊，摆场子动什么手啊。”

我很不解，这样打架真的有意义吗？晚上一起喝酒，子弹和他一个兄弟喝得大醉，两个人靠在一起睡着了，我摸着夜路回了家，又遇到了那个拒绝我的姑娘，她笑眯眯地说："刘×，你变化挺大的，现在有男人味多了。"

我却觉得那姑娘挺俗气的，寒暄几句就走了。

后来子弹毕业了，没能考上大学，南下打工去了。临走的时候我们聚了聚，那时候我的个子已经慢慢拔高了，每隔几天也要刮胡子。子弹的那群兄弟也去送了他，他把脖子上的弹头取下来送给了那晚和他一起大醉的朋友。上车前他对我说："好好读书吧，你和我们不一样。"

这句话让他在我心中的形象瞬间跌落，我以为他能说出点更有格调的话，比如丈夫许国，不必相送之类。

回到学校之后，我开始抽烟喝酒打游戏泡妞，在球场上有姑娘旁观时我会一个盘带转身，引来姑娘们的尖叫。我泡到了那个跟子弹一起吃饭的姑娘，我们接吻前我问："你和子弹亲过没有？"

姑娘红着脸说："没有，你想什么呢？"

我尴尬地咳了咳，说："我没什么别的意思，只是想知道你们到哪一步了？"

那姑娘轻轻地捶了我一下，说："讨厌，他是个gay（同性恋）啦，怎么会和我谈恋爱？"

我呆若木鸡，半天回不过神来。天天教我宁折不弯的人居然本身就是个弯的，这让我接受不了，脑海里掌握人生观的小人儿直接被这句话给炸碎了。

姑娘闭上眼睛等着我的动作，满天繁星下，我却只想苦笑。

追忆似水流年

小时候我的家乡有一条河，因为不停地被熊孩子丢垃圾，导致河水污浊，脏得令人发指。每个人路过的时候都捂着鼻子健步如飞，无奈在一个雨天我被一个死胖子推得摔了进去。

掉入脏河的那一瞬间，我觉得我的人生完蛋了。

我妈把我按在浴盆里足足洗了三个小时，边洗边数落我。第二天，我成了全校的笑柄，我发誓我身上已经没有异味了，但他们的表情却好像我还散发着恶臭一样。

但是长大后，想起来好像也没有那么糟糕，儿时玩伴聚在一起谈起此事时大家都会哈哈大笑，我也不觉得窘迫。

后来上初中了，有个姑娘喜欢我，但是那姑娘长得实在令人不敢恭维，成天给我写情书，错别字连篇。有一次我正在厕所尿尿，她突然出现在我的身边说："我给你写了那么多信，你为什么不回我？"

毫不夸张地说，那一瞬我的蛋都快吓掉了，我说："这……这……这是男厕所。"

她满是青春痘的脸上绽放出邪恶的笑容，说："我知道。"

我系上皮带拔腿就跑，她在后面穷追不舍，全校人都跑出来看我们"猫追老鼠"，结果被教导主任逮到办公室。教导主任恨铁不成钢地指着我说："你是男生啊，你跑什么？"

我惊魂未定地说："我怕。"

办公室老师哄笑，我又成了笑柄。几年后我在街上和那姑娘偶遇，女大十八变，她变得居然和贾静雯有点神似了，我不禁为我当年的眼瞎懊恼。我们一起吃饭时谈起此事，她笑个不停，说那个时候确实还蛮好玩的。

到了大学，刚进寝室时看到几个奇形怪状的怪物，每个人都用不友好的眼神盯着我。我一边整理床铺一边打量着他们，他们却一起站起来异口同声地说："你瞅啥？"

我连忙说："没瞅没瞅。"

一个虎背熊腰的哥们儿把我一拉，说："一起吃饭去吧。"

我想到大学四年要和这几个怪物一起度过，心里不由得忐忑起来，但是毕业后，却还是会怀念这段颓废却无比自由的时光。生活好像就是这样，总是在事后想起来比较开心。

Part 1：你他妈要上天啊？

老骆是贵阳人，长得高高瘦瘦的，烟瘾很大，每天要抽两包烟，擅长讲黄段子。每次我在阳台洗衣服的时候这家伙就凑过来说。

我把盆子往地上一甩，拔腿就跑。

这家伙能考上大学我觉得肯定是老天无眼，因为他连乘法口诀都搞不清楚。第一次上课的时候，那厮居然在课堂上睡觉打呼噜，老师极其不悦，敲敲桌子要他站起来，他半梦半醒地说："闹个屁啊，中午帮我带饭啊。"

老师深吸一口气，然后一巴掌就扇了过去，那一年他的高等代数一直是五十九分。

老骆一直想找个女朋友，每次在食堂吃饭的时候，我东张西望看哪个窗口肉多，他就东张西望看哪个窗口排队的姑娘漂亮。无奈的是，他的审美还奇差，你问他一个姑娘长得怎么样，他若是回答有气质，就说明这个姑娘挺内向的，但是长得不怎么样；他若是回答身材棒，就说明这个姑娘胸大屁股大，身高体重都是一百五；他若是回答特漂亮，就说明这个姑娘喜欢化妆，从来不以素颜见人。

直到有一天他面红耳赤地回寝室，喘着粗气说：“我今天见到一姑娘，简直是极品。”

大家都不爱搭理他，各玩各的，他说：“真的真的，我拍照片了。”说完把照片给我们看。

那姑娘皮肤雪白大眼睛，还真长得不错，大家恍然大悟，原来在这家伙的定义里美女就是极品。

此后老骆对极品展开了激烈的攻势，送花送礼物，每天在她教室门口等着，那姑娘对老骆没想法，每次都当他是空气。

老骆郁闷地说：“她居然把我堪比梁朝伟的眼神给无视了。”

我说：“老骆，你这眼神太像曾志伟了，肯定把人家吓住了。”

老骆说：“兄弟，给我支支着儿啊。”

我就要老骆给那姑娘写封情书，夹在礼物里一起送过去。老骆吧嗒吧嗒抽了一盒烟把写好的情书给我看，上面写着一些极其恶俗的歌词，类似于“不要在寂寞的时候说爱我”“伤心的时候不要听情歌”，而且他的字写得歪歪扭扭的毫无美感。我觉得那姑娘要是看到这封信肯定会买把枪把老骆毙了。

于是我拿起笔帮他写了一封，吃了他三顿火锅。此后他俩居然搭上话了，姑娘说：“看不出来你长得这么猥琐，文笔还挺好的。”

老骆哈哈一笑，厚颜无耻地说："是啊，我们寝室一哥们儿天天给我讲黄段子，我挺烦他的。我没事的时候就喜欢看看书。"

姑娘说："真的吗？你喜欢莎士比亚吗？"

老骆挠挠头："啥呀？"

两个人好了三年，这期间老骆不停地叮嘱我不要把情书的事情给戳穿了，请我抽了不少好烟。这家伙最过分的就是在姑娘面前就喜欢损别人，然后侧面烘托自己。每次我们三个一起吃饭的时候，他就指着我说："这小子，喜欢上了一个姑娘，给人家写情书居然引用歌词，什么他妈的'不要在寂寞的时候说爱我'，发春呢！"

姑娘笑个不停，我苦忍着没把他的大饼脸按在火锅里。

毕业后，老骆和那姑娘异地恋，老骆辛辛苦苦地上班，一个月四五千块全给那姑娘，居然连烟都戒了，可是姑娘家里人不同意，两个人就分手了。

姑娘最后一次给他打电话说："我早知道那封情书不是你写的，我在你作业本上看过你的字，完全不一样。"

老骆无语凝噎，姑娘又说："不过我一点都不介意，情书代表的是心意，和内容无关，谢谢你。"

然后挂了电话，老骆去街边喝得烂醉，抱着电线杆号啕大哭。

Part 2：咱们是兄弟，但林白是我的！

我一直认为，大家穿一样的衣服，才能分辨出哪些姑娘是天然的美女，以前是穿校服的时候，到大学了就是军训时穿新兵服的时候。

老五是湖北黄冈人，小个子，为人比较够意思，军训的第一天就拍着我的肩膀激动地说："你看那姑娘，快看那姑娘。"

我被晒得差点昏过去，说："你他妈说的是哪个啊，到处是姑娘。"

老五说："第三行第二个，是不是长得很不错？"

我擦擦脸上的汗，仔细一看，那姑娘五官端正、眉清目秀，身材匀称，腿也很修长，我说："还不错。"

老五说："是吧，是你未来嫂子。"

话没说完，教官就怒气冲冲地过来把我们揪了出去，说："你们俩嚷嚷什么，跟发春似的。"

我说："教官，我们没发春，是被晒得面红耳赤。"

同学们哄笑，我看到那姑娘的嘴角也上扬了下。教官给了我一下，让大家去树下休息，我和老五继续站了十分钟。

好不容易结束了，我奄奄一息地往树荫下走，那个姑娘递给我一瓶水，眼睛弯弯地说："还真得谢谢你了，让我们能偷个懒。"

她的眼睛会笑，弯成一道桥。

我说："别客气，哥们儿就喜欢做这种舍生取义、杀身成仁的事情。"

她大笑，老五却把我手上的水抢过一口喝光，戳一下我的后背小声地说："跟你嫂子说话还这么贫。"

我一笑了之，这是我第一次和林白说话。

此后老五对林白展开攻势，先是跟她寝室的姑娘套关系，摸清林白的爱好脾气，然后对症下药，买了很多礼物。林白一直都对他很客气，有意识地保持距离。老五又在自己生日的时候请大家吃饭，还把林白寝室的姑娘全部叫了出来。那天晚上，寝室哥们儿极力撮合他们，我低着头玩手机，林白没有任何表示，大家都有点尴尬。

回去的时候我走在后面，大家都喝大了，在前面蹦跶着唱着歌，不知道什么时候林白走到我身边说："你今天怎么不说话啊？"

我说："别被我放荡不羁的外表给欺骗了，其实我是个很深沉的人。"

林白的大眼睛眨啊眨，说："我还真看不出。"

我又说："大家都在给你们搭桥，你怎么没任何反应呢？"

林白小嘴一嘟说："我不喜欢他，我觉得他天天找机会接近我挺没劲的。”

我的心跳了跳，不知道哪里来的勇气把她的手一拉，说：“我带你去个地方。”

她的手指修长，她没有抽开手，跟着我跑了一路。我带她到学校后山的一个小亭子里，那里有很多萤火虫，旁边有几个男生在弹吉他，林白的眼睛发亮，说：“真好听。”

我说：“你喜欢吗？我明天去学。”

林白笑着说：“好啊，学会了就天天弹给我听。”

晚上回去后老五脸色铁青，问我：“你把林白拉到哪儿去了？”

我把衣服脱下来泡在盆子里，说：“没去哪儿，随便走了走。”

老五冷笑一声，说：“你他妈还真够义气，连嫂子也勾搭。”

我把洗衣粉往盆子里放，笑着说：“你还挺能搞笑的，你以为还是氏族社会吗，谁先看上的就是谁的？人家姑娘不喜欢你。”

老五吼了一声就冲过来和我搏斗，口中喋喋不休：“亏我把你当兄弟，你简直是个畜生！”

我三招把他放倒，居高临下地说：“咱们是兄弟，但林白是我的！”

寝室哥们儿连忙把我们拉开，老骆劝着我，其他人把老五拉远。那天晚上以后老五就和我生疏了，看见我就一副鄙视的眼神朝地上呸口水，我视而不见。他强由他强，明月照大江，他弱由他弱，清风拂山岗。

他依然锲而不舍地追求林白，无奈那个时候林白已经和我一起吃饭、一起上课、一起看电影了。老五更加恨我，每次和别人一起喝酒的时候就边哭边说：“我们寝室老六啊，真是个畜生……”

大家劝他：“为了个姑娘，不至于，我觉得老六挺够意思的。”

他一拍桌子，说：“我迟早要把他的蛋捏碎。”

此话让我特别惶恐，每天晚上都得看着那小子睡着了我才睡，浑浑噩噩过了四年，其间我和老五一直不温不火地处着。到了离校那一天，其他人都把行李收拾好离开了学校，寝室只剩下了我和老五。他默默地收拾东西，我头也不抬地玩游戏，他提着两个大箱子背着几个包准备出门，我问：“要不要帮忙？”

他哼了一声，说：“用不着。”

我笑了笑，继续玩游戏，寝室里空荡荡的，只剩下我敲键盘的声音，他走出门时说了句：“你早点回家吧，一个人待着有什么劲，对了，对林白好点。”

我抬起头，他直直地看着我，两人相视一笑，他拿着行李慢慢走远，地上留下的轮子痕迹，好像是青春最后的尾巴。

Part 3：你知道的，没有人会可怜你

老黄是湖南农村的，考上大学非常不容易，据说是他们村子里唯一的大学生，出来的时候全村人都为他送行。

所以他大学四年，没有去过一次网吧和游戏厅，没有翘过一次课，也没有谈过一次恋爱。

明明是一个一米八的大汉，却总是很敏感，大家平时出去吃饭叫他，他都笑着说："不去，我打饭了。"

我们一看他的饭盒，里面只有几片白菜和土豆，大家纷纷劝道："去吧去吧，我们请你。"

他把我们都推开，说："不去了，免得浪费粮食。"

所以在大家胡吃海喝的时候，他一个人就在寝室边看课本边吃盒饭。吃完饭后我要服务员打包一份，带回去给他，我说："我们菜点多了，给你带了一份。"

他嘴角颤了颤，把打包盒往旁边一推，说："我早吃饱了。"

他家里面情况不大好，所以父母也没给他生活费，他只能靠着助学金和勤工俭学生活，每次去食堂吃饭的时候就看见他拿着拖把拖地，大家跟他打招呼，他也低着头拖地，好像不认识我们。

助学金是要全班投票的，每次老黄都能以第一名的姿态出现，拿走八千块的一等助学金，然后按流程要在讲台上说一些感谢的话。

那个时候老黄脸色苍白，身体有点颤抖，眼神无比慌张，结结巴巴地说：“谢谢老师，谢谢大家，我一定会好好学习，报效社会。”

大家纷纷鼓掌，我发现老黄的眼眶红了。

下自习后，老骆开玩笑地说了句：“老黄，我发现你说话挺像领导的。”

他浑身一颤，大声说：“你什么意思？”

老骆被吓了一跳，说：“没什么意思没什么意思。”

那个时候林白已经和我在一起了，她寝室有个姑娘白白胖胖的，大家都叫她小蘑菇。小蘑菇喜欢老黄。冬天的时候小蘑菇看到老黄衣着单薄，就给老黄买了条围巾，老黄却不要，说：“我不习惯系围巾。”

小蘑菇说：“天气这么冷，你每天晚上从图书馆回寝室的时候可以系上啊。”

老黄却把礼盒推给她：“不需要，谢谢。”

小蘑菇回寝室哭了一场，林白要我劝劝老黄，他对人家小姑娘也太冷漠了。

我试着旁敲侧击了下，老黄却说他大学绝对不会谈恋爱，他也没钱用来开销。

我转达回去，小蘑菇却很高兴，说：“原来他不是不喜欢我，不就是钱的事儿吗，我有钱。”

小蘑菇的爸妈都是做生意的，家里比较有钱，小蘑菇请老黄出去吃饭，老黄说要勤工俭学没时间去。小蘑菇又买了电影票，结果等到电影散场老黄也没出现。小蘑菇又在寝室楼下守着老黄，大雪天的冻得鼻子通红，老黄下来后却是一通训斥：“你还是不是个女生啊，怎么这么不知羞耻啊，缠着我干吗？”

小蘑菇哇一声哭出来，大家都看不过去了，我就把老黄拉到转角处，说：“老黄，有时候咱们能不能稍微委婉点？”

老黄说：“你也别在中间瞎掺和，我知道是你把我的行踪告诉她的，你是什么意思，看我笑话吗？”

雪还是鹅毛般飘着，他的眼神无比冷漠，我握紧拳头，咬了咬牙说：“老黄，你他妈是不是觉得你穷就挺了不起的？”

他冲过来揪住我的领子说：“你再说一遍。”

我笑了一声说：“你真他妈够可悲的，你家里穷，大家从来没有看不起你，但是谁知道你他妈人格也挺贫瘠的。人家小姑娘自始至终也没说要打扰你学习、影响你前途，你不喜欢人家不能好好说吗？装什么清高，我告诉你，你就是个穷人，从里到外穷到骨头里的穷人。”

老黄用尽所有力气给了我一拳，我爬起来还击，两个人扭打在一起，打完后他居然哭了，捂着脑袋哭得像个小孩子，他说："我是全家的希望，我不能谈恋爱，我要找个好工作，还要把弟弟妹妹都带出来。"

那一瞬间我觉得他活得真的很悲哀，就像一个提线木偶一样，从来没有掌控过自己的生活。

我拍拍他的肩膀说："没有人可怜你，也没有人看不起你，只要你自己别看不起自己就行。"

第二天，老黄就去找小蘑菇道了歉，之后发生了什么我不清楚，但小蘑菇不再缠着老黄了，却也没谈恋爱，据说一直在等着老黄。毕业的时候，大家都喝得东倒西歪，抱在一起哭着闹着，老黄摇摇晃晃地过来和我碰了杯，说："兄弟，这几年谢谢照顾了。"

我一口喝干，说："你说话挺像领导的。"

他嘴角一动，随即大笑着捶捶我，那一刻，我好像重新认识了这个人一样，他好像有着无比自由的灵魂。

The Last：青春是手牵手坐上了都不回头的火车

五年后，我们聚在了一起，谈起过去的事情都会大笑。老骆已经娶妻生子了，整个人变得成熟稳重，跟当年满口荤段子的模样判若两人。

老五对我已经彻底释怀了，跟我喝了一轮又一轮，说我们离得近，以后一定得多聚聚。

老黄和小蘑菇在一起了，一起在广州打拼，酒桌上还有意无意地秀恩爱，被我们集体谴责。

走出饭店的时候，我们看到一群大学生勾肩搭背、打打闹闹地从我们面前经过，有的愁眉苦脸，有的喜笑颜开，年轻的脸上却都是生气勃勃。烟花在我们头顶绽放，我们的眼眶都红了，原来青春在别人眼中是这么美好。

破　晓

夜的意义
就是等待光芒

有的时候想给读者写一封信，打开电脑文档却又不知从何说起，那就随便聊聊吧。我上的高中是一个私立高中，里面的学生两极分化，要么是出身豪门的富二代，要么是兢兢业业的尖子生，这两种人在学校都可以横着走，因为富二代有老爹撑腰，尖子生有老师撑腰。像我这种家里钱不多，学习也不好的人，就极其没有存在感，更要命的是还会自暴自弃，上课就睡觉、看小说、听音乐，偶尔一次月考，看着自己疯狂倒退的成绩，也会彷徨不安，却又无可奈何。

那时候我喜欢写东西，买了一大堆本子写了很多幼稚可笑的文字，没有一个人认可我，包括我的同桌良子。但是我不怪他们，因为那时候我觉得是他们瞎了，我应该体谅，而良子是个文盲，读不懂我很正常。

语文老师是个大学刚毕业的姑娘，比我们大不了几岁，带着几分稚气，每周要我们写周记。良子就拿出小学生作文范本抄个几百字，我就认认真真地写点小说，周记发下来的时候我有点惊讶，因为那姑娘给了我很多建议，说我很有天赋，要我多看点书提高写作水平。有时候中午路过办公室，她会朝我招招手，递给我几本小说集，让我觉得那时候她美丽不可方物，此后下定决心这辈子一定要追到一个师范妹子。

读大学的时候学校有个论坛，经常有学生在上面发帖，大部分是吐槽学校饭菜没油水，寝室蚊子多之类，我异想天开地在里面发帖写小说，第二次登录的时候吓了一跳，帖子被疯狂留言，要我继续写下去，还有几个妹子对我表露出景仰之情，表示要为我生孩子。当时我的小脸通红，点进那几个妹子的主页一看，发现都是体育系的，郑重思考后决定还是不能追，真吵架了我不一定打得过，被女朋友暴打了说出去多丢人啊。

学校的文学社社长找到了我，要我去给他们社员做个演讲，我说："不去，有那时间还不如去打游戏呢。"

社长意味深长地拍拍我的肩膀："文学社的美女多啊，而且个个都像林黛玉，你懂的。"

我立马拉住要走的他，严肃地说："我从来都不打游戏，你定时间吧，我一定去。"

那天演讲我很紧张，上台的时候觉得手上都有冷汗，不过朝台下一看，全是冒红心的眼睛，马上就变得镇定了。整个过程妙语连珠，逗得那群姑娘笑得合不拢腿，哦不对，是合不拢嘴。下台后一大群姑娘找我聊天，外向点的姑娘甚至找我要电话号码，不过性格外向的姑娘一般长得都很抽象，我用无比诚恳的语气对她说："我们要把主要精力放在学习上，毕业了为社会主义做贡献，不应该把时间浪费在儿女情长上。"

毕业后我开始在网上的大小论坛写东西，还是一次蹿红，成了一个有点名气的写手。那时候有很多人不睡觉等着我更新，有个成都姑娘长相甜美，找我要到联系方式后每个月都给我寄礼物，搞得我挺不好意思的，就说："以后你别买东西了，你再这样哥们儿只能以身相许了。"

她就笑个不停，说我是个瓜娃子。

我和她从来没见过面，可是我们互相都很了解，每年我过生日的时候，第一个收到的短信都是她发的。我觉得我有必要为她写点什么，所以有了《最后一次晚安》。

很多人说我有写东西的天赋，其实我不这样认为，只能说我写东西有很大的动力，每次写东西的时候，我想到的都是我的读者，觉得这个情节他们应该会觉得很搞笑，觉得这个故事他们应该会喜欢，就会想着把它写好一点，再写好一点。

我从没想过靠写的故事赚钱，也不是像你们想的那样是个段子手，金钱给我的冲击力远不如心灵的震撼强烈，而笔下的每个故事都曾在我的生活中轰轰烈烈地发生过。只要有一个读者觉得我的文字能让他开心，或者让他感动，那我就觉得无比满足，因为这些都是我坚持下来的意义。

十五岁的我趴在课桌上做了一个美梦，到现在总算是圆梦了，虽然过程有些曲折和艰难，但黑夜的意义就是等待光明，梦想也因此才让人着迷。算起来这是我的第二本故事集，我想我会一直写下去。

最后，太恶俗的话我说不出口，那些给过我支持和鼓励的人，那些对我失望却不放弃我的人，那些一直在背后给我力量的人，请允许我鞠个躬，说一句：谢谢，青春路上有你们真是太好了。

图书在版编目（CIP）数据

夜空的星照亮你前行 / 刘华剑著. —长沙：湖南文艺出版社，2016.9
ISBN 978-7-5404-7779-0

Ⅰ.①夜… Ⅱ.①刘… Ⅲ.①故事—作品集—中国—当代
Ⅳ.①I247.81

中国版本图书馆CIP数据核字（2016）第205980号

上架建议：畅销·青春文学

YEKONG DE XING ZHAOLIANG NI QIANXING
夜空的星照亮你前行

作　　者：刘华剑
出 版 人：刘清华
责任编辑：薛　健　刘诗哲
监　　制：毛闽峰　李　娜
策划编辑：付立鹏
营销编辑：贾竹婷　雷清清
封面设计：SilenTide
版式设计：张丽娜
出版发行：湖南文艺出版社
（长沙市雨花区东二环一段508号　邮编：410014）
网　　址：www.hnwy.net
印　　刷：三河市百盛印装有限公司
经　　销：新华书店
开　　本：880mm × 1270mm　1/32
字　　数：146千字
印　　张：8
版　　次：2016年9月第1版
印　　次：2016年9月第1次印刷
书　　号：ISBN 978-7-5404-7779-0
定　　价：36.00元

质量监督电话：010-59096394
团购电话：010-59320018